皇太子妃のお務め奮闘記

登場人物紹介
フロレン
ヴォルヘルムの部下で騎士。
ベルティーユの護衛部隊の
隊長を務めている。
どことなく、ヴォルヘルムに
似ているが……？
エミリア
ベルティーユの専属侍女で、
彼女が心を許せる相手。
明るく朗らかな性格。
ベルティーユ
マールデール王国の第三王女。
シトリンデール帝国の皇太子である
ヴォルヘルムのことが大好きで、
努力の末に結婚にこぎつけた。
変装して生活する彼を探しつつ、
皇宮の平和のため奔走中。

エレンディール
シトリンデール帝国の皇后で、ヴァルヘルムの義母。愛息子クリスティアンを皇太子にしたいという噂がある。
クリスティアン
シトリンデール帝の第二皇子。俺様だがまっすぐな少年。
フォルクマー
チャラくて美形な神官。聖職者らしからぬ問題発言が多い。
バルトルト
ヴァルヘルムの副官。いつも仏頂面で冷たい態度を取る。
ローベルト
ベルティーユの護衛部隊の副隊長。古典的な考えの騎士で、よく赤面する。

プロローグ　待望の結婚式だったけれど……？

雪が溶けて、暖かな季節がやってきた。

チェリーブロッサムの薄紅色の花が咲き誇る春に、わたくしは待ちに待った祝福の日を迎える。

――わたくし、マールデール王国第三王女ベルティーユは今日、大好きなヴォルヘルム様と結婚します。……隣に、彼はいないけれど。


ブライズメイドを従《したが》えたわたくしは、赤薔薇《あかそうび》色の髪にベールをのせ、純白の婚礼衣装を身にまとった姿で、バージンロードをしずしずと歩く。

そして多くの人に見守られる中、神父様の前までやってきた。

ステンドグラスを通して差し込む七色の光は、まるでこの結婚を祝福しているかのよう。わたくしのエメラルドグリーンの瞳は、キラキラと輝いているに違いない。

ついに結婚できるという喜びと晴れ舞台に上がる緊張で、胸がドキドキする。

けれど、ふと隣を見た途端、冷静になった。わたくしの隣には、誰もいない。

そうだった。本日の婚礼は異例中の異例。花嫁となるわたくしだけで、花婿が出席しない結婚式なのだ。

こんなことになったのには、もちろんわけがある。

わたくしが幼い頃からお慕《した》いしているヴォルヘルム様は、シトリンデール帝国の皇太子だ。彼は元々病弱で、今朝方も持病の発作を起こしてしまい、起き上がることができなくなった。そのため、結婚式を欠席することになったのだ。

これがシトリンデール帝国からの公式発表である。

――しかし、実際は違う。ヴォルヘルム様は病弱ではなく、健康体だ。もちろん、発作など起こしていない。

ではなぜ、嘘をついてまで欠席しているのか。

それはヴォルヘルム様が、第二皇子であるクリスティアン殿下を支持する一派に、命を狙われているせいだ。結婚式の場では、護衛をすぐそばに置くことができない。そのため、暗殺するのにもってこいの舞台となる。

そんな危険をおかすことはできないので、ヴォルヘルム様は欠席しているのだ。

結婚式に出られないという話は、正式に婚約する前から聞いていた。それでもいいかと尋ねられ、わたくしは二つ返事で了承した。彼と結婚できるのならば、そのくらい構わない。

そういうわけで、わたくしはこうして一人で永遠の愛を誓っている。

今日という晴れの日に合わせ、それはそれは豪奢《ごうしゃ》な婚礼衣装が用意された。

シルクで仕立てられたドレスには、ダイヤモンドが千粒もちりばめられている。スカートがひらめくたびに、それらは星のように輝く。

頭のティアラは、真珠を編んで作られている。真珠は海に面したシトリンデール帝国の名産で、どれも大粒で美しい。

ティアラと共に頭にのせられた総レースのベールは、職人が百日間かけて作ったものだと聞いた。身につけるすべてのものが最高級で、贅《ぜい》が尽くされている。

身支度を手伝ってくれた侍女のエミリアは、感激のあまり涙していた。

『ベルティーユ様……本当に婚礼衣装がお似合いで……。陶器のような白い肌に、くるりと上を向いた長い睫毛《まつげ》。長いお手足に、純白のドレスを着こなす品のよさ！　完璧な美しさですわ！』

エミリアの大袈裟《おおげさ》な喜びようを思い出し、クスリと笑ってしまう。

彼女がそう褒めてくれたわたくしの姿を、ヴォルヘルム様に見ていただきたかった。一緒に結婚式を挙げたかった。

けれど、命を狙われている彼を危険にさらすことはできない。

わたくしの人生は、ヴォルヘルム様に捧《ささ》げると決めている。結婚を申し込んだ、あの日から。

◇　◇　◇

わたくしの祖国マールデール王国は、シトリンデール帝国からほど遠い距離にある、小さな国だ。

ただ、降水量が安定していて、農作物がよく育つ。その上、地下資源が豊富なのだ。採掘されるのは鉱物だけではなく、卑金属《ひきんぞく》、石炭、岩塩、そして地下水など。どれも、貿易でとても重宝されている。

そのおかげで、マールデール王国はとても裕福だ。

とはいえ、それもいいことばかりではない。豊かな資源を狙った周辺諸国から、何度も侵略されそうになった過去がある。しかしそのたびに、歴代の国王は騎士を率《ひき》いて民《たみ》と領土を守ってきた。

そんな歴史があるため、王族も、自分の身は自分で守ることをモットーに、幼少期より武芸を叩き込まれる。

しかし、わたくしには剣、弓、槍《やり》の才能はないようで、いくら打ち込んでも上達の兆《きざ》しは見えなかった。代わりに、勉強は得意だ。『知識や教養は時として、剣よりも強い』という教師の言葉に、何度救われたことか。

わたくしは自《みずか》らを守るべく、暇さえあれば勉学に励んだ。あまりにも勉強ばかりしていたので、父は呆れて『大臣にでもなるつもりか』と言ったらしい。

『別に、そのような野心など抱《いだ》いていません』と答えたのが、六歳の頃の話だという。正直、わたくしの記憶には残ってないが。

とにかく、遊ぶことと同じくらい勉強が好きだった。

そんなわたくしを誰に嫁《とつ》がせようか、父は悩んでいたそうだ。

マールデールの王族には、結婚に関する一風変わった掟《おきて》がある。国家間のトラブルに巻き込まれないよう、姫君達を他所《よそ》の国に嫁《とつ》がせてはならぬ、というものだ。

そのためマールデールの姫君は、他国から『鳥籠姫《とりかごひめ》』と呼ばれている。

しかし、可愛らしい小鳥のような姫君は、マールデール王国に一人としていない。

一番上のお姉さまは剣を振り回すし、二番目のお姉さまは跳び蹴りが得意だ。二つ年下の妹は病弱だったが、お気に入りの槍《やり》を手放さない変わり者。

わたくしは唯一武芸に劣る姫だったものの、大人の言い間違いを指摘する可愛くない子どもだった。


ヴォルヘルム様に出会ったのは、そんな六歳の時。今から十二年前だった。

当時、喘息《ぜんそく》を患《わずら》っていた妹が、空気が綺麗なウィミルトン侯爵領へ療養《りょうよう》に行くと決まり、わたくしも話し相手として同行することになったのだ。療養《りょうよう》中は侯爵家に滞在させてもらうことになった。

そこで待っていたのは、妹とともに本を読み、刺繍《ししゅう》を刺し、編み物をするという、お姫様らしい日々。けれどそんな生活は、すぐに飽きてしまった。

ある日、窓から庭を見ていると、猫がいた。触りに行こうと妹を誘ったが、侯爵家の庭は入り組んでいて怖いと断られてしまう。

わたくしは仕方なく、一人で庭に行った。

薔薇《ばら》が自慢の庭園は、噎《む》せ返りそうな芳香に包まれている。

その中をずんずんと大股で進むと、近くでガサガサと葉がこすれ合う音が聞こえた。すぐさまそちらを覗《のぞ》き込んだが、何もいない。逃げられてしまったらしい。どうやら、警戒心が強い猫のようだ。

追いかければ追いかけるだけ、猫は逃げていく。

しかし、この先は行き止まりだ。窓から見た時に、庭の全体図を記憶しておいた。

行き止まりにある植木がガサリと動いた。植木の陰に隠れているに違いない。わたくしにはお見通しである。

わたくしは両手を植木に突っ込み、猫を捕獲する。モコモコの感触をイメージしていたのだけれど――違った。

出てきたのは、銀色の髪に白磁《はくじ》のようなすべすべの肌、スミレ色のぱっちりとした瞳を持つ、天使みたいに綺麗な男の子。

わたくしから逃げていたのは、猫ではなく男の子だった。

彼がヴォルヘルム・フォン・ロイゼン。後にわたくしの旦那様になる方である。年はわたくしの二つ上で、当時八歳だった。

ウィミルトン侯爵の親戚で、遊びに来ていたという彼は、なぜだかひどく怯《おび》えているように見えたが、わたくしから逃げたのは恥ずかしかったからだと、頬を真っ赤に染めて話した。

年上だけれど、なんて可愛いのだろうと思った。

わたくしはひと目で、ヴォルヘルム様を気に入ったのだ。

それから、わたくし達は一緒に遊ぶようになった。

遊ぶ内容は、女の子らしさの欠片《かけら》もない。

二人で野を駆け、木登りをして、草むらで寝転がった。王宮の庭でやると怒られることばかりだったけれど、ウィミルトン侯爵家の侍女やヴォルヘルム様の従者は何も言わなかった。

ヴォルヘルム様はとても物知りで、花の名前から星々の歴史、風が吹く理由など、さまざまなことを教えてくれた。

教師が『これはまだ難しいから』と教えてくれないことも、ヴォルヘルム様は話してくれる。どれも興味深く、面白かった。

わたくしはしだいに、ヴォルヘルム様に対して尊敬の念を抱《いだ》くようになった。そして、深い愛情も。

彼とずっと一緒にいたい。そう思っていたのに、彼の滞在八日目に、衝撃的なことが判明した。

ヴォルヘルム様はシトリンデール帝国の人で、二日後に国へ帰ってしまうと。

そこで、どうしてもヴォルヘルム様と離れたくないわたくしは、彼が出発する直前にとんでもないことを頼んだのだ。

「ヴォルヘルム様、わたくしと結婚して！」

その時のヴォルヘルム様の驚きっぷりは今でも忘れない。

スミレ色の美しい目を、こぼれそうなほど見開いたのだ。

「どうして、ベルティーユは私と結婚したいの？」

「だって、わたくしはヴォルヘルム様が大好きだから」

一緒に過ごしたのはたった十日間だったけれど、わたくしはヴォルヘルム様に運命を感じていた。

しかし、すぐに断られてしまった。それでも、わたくしは諦めない。

まず、手紙をたくさん送って口説《くど》きまくった。わたくしにはヴォルヘルム様しかいない。あなたと結婚できないのであれば、生涯独身を貫く、と。それでも、彼の返事は『結婚できない』。

では、結婚は抜きにして、わたくしのことが好きではないのか。そう問うと、ヴォルヘルム様は『君のことは、好きだし、可愛いと思っているよ』と返事をくれた。

やはり、わたくし達は両想いだったのだ。

だったらなぜ、結婚できないのか。いくら考えてもわからなかったので、わたくしは父に聞いてみた。

すると、ヴォルヘルム様がシトリンデール帝国の皇太子だと、父は明かしてくれた。そして、第二皇子を支持する一派に命を狙われているのだと。

父は『ヴォルヘルム様の妻となる人は苦労するだろう。だから、ベルティーユのことを思って結婚できないと言ったのだろうね』とわたくしを諭《さと》した。

しかし、そんな事情なんて知ったことではない。わたくしは、何が何でもヴォルヘルム様と結婚したいのだ。

ただ、障害があるのはヴォルヘルム様側だけではない。

マールデールの姫が鳥籠姫《とりかごひめ》と呼ばれているように、我《わ》が国は政略結婚を望んでいない。けれど、それも知ったことではない。

わたくしは父に向かって、絶対にヴォルヘルム様と結婚すると宣言した。その際の父の呆れ切った表情は、今でも覚えている。

わたくしはその日から、帝王学を極めることにした。

すべてはヴォルヘルム様と結婚するため。外国語を学び、歴史を頭に叩き込み、夫となるヴォルヘルム様が困った際に助言できるよう政《まつりごと》についてもしっかり学ぶ。

それからヴォルヘルム様を守るため、剣術を習う時間も増やした。これに関しては、大して上達しなかったけれど、大事なのは気持ちだ。

もちろん、ヴォルヘルム様を口説《くど》くお手紙を送り続けることも忘れない。

そうして、彼と出会ってから六年――十二歳となったわたくしは、教養を身につけ、シトリンデール帝国に嫁《とつ》ぐことについて父を納得させたのだ。

あとは、ヴォルヘルム様を頷《うなず》かせるだけ。しかし、彼はとても頑固だ。長年、文通した経験から、よく理解していた。

わたくしにできるのは、父の政治的手腕を信じることのみ。

その後、父がヴォルヘルム様とシトリンデール帝国の王を口説《くど》き落とすのに、三年かかった。わたくしは十五歳。

そこからさらに三年待ってくれ、とシトリンデール帝国から言われた。わたくしを受け入れる準備をしたいという。

ならば結婚するまでにできるだけのことをしようと、わたくしは父の仕事を手伝いながら、ありとあらゆる知識を頭に叩き込んだ。

文官達は当初、女であるわたくしが執務に加わることにいい顔をしなかった。けれど、仕事の成果を出していくうちに、認めてくれるようになった。

それがとても嬉しくて、わたくしはよりいっそう励んだ。

十七歳になった日、父から『立派な政治家になったな』と言われた。

違う、そうじゃない。わたくしは政治家になりたいのではなく、ヴォルヘルム様にふさわしい女性になりたいのだ。

そこで気がついた。わたくしは、女磨《おんなみが》きを怠《おこた》っていたのだと……！

最後の一年は、美しい女性になるためにも、かなりの時間を費《つい》やした。

十八歳になった日、父から『急に美しくなったな』と言われた。血の滲《にじ》むような努力の結果だ。

こうして、わたくしはヴォルヘルム様のもとへ向かった。


——ヴォルヘルム様のことは、わたくしがお守りします！

そんな決意と共に、シトリンデール帝国へ嫁《とつ》いだのだった。

第一章　ヴォルヘルム様はいずこへ？

挙式を終え、続いて大規模な披露宴《ひろうえん》に挑《いど》むことになった。

もちろん、隣にヴォルヘルム様はいない。

こうなることはずっと前からわかっていたので、覚悟はできていた。だから、人々の好奇の視線にも耐えられる。

もちろん、心の奥底に、一人ぼっちで寂しいという気持ちはある。けれどその感情には、硬く蓋《ふた》をした。

この国に嫁《とつ》いだからには、自分の気持ちなんて二の次だ。大変な状況に置かれているヴォルヘルム様が少しでも心穏やかに暮らせるようにするために、まずは情報集めをしなければならない。

ぴりっと緊張感を覚えたところで、一杯のシャンパーニュが運ばれてきた。

「ヴォルヘルム殿下より、ベルティーユ妃殿下へ、特別なシャンパーニュです」

「まあ！」

シュワシュワと発泡するピンク色のシャンパーニュには、ハート形の氷が浮かんでいた。キラキラと輝いて、ピンクダイヤモンドのようだ。なんてロマンチックで、素敵な一杯なのか。

一人で参加するわたくしを勇気づけるために、用意してくれたのだろう。

大事に大事に飲んでいると、しばらくしてあることに気づいた。氷が入っているのに、グラスに水滴がつかないのだ。それに、氷がまったく溶けない。

もしかしてと思い、シャンパーニュを飲み干す。カランと澄んだ音を立てて残った氷は――ピンクダイヤモンドのように見えた。

背後に控えていた侍女のエミリアにも見せてみる。彼女の実家は宝石商を営《いとな》んでいるので、わたくしよりも目利きは確かだ。

「エミリア、これ、どう思う？」

「これは――おそらく、本物のピンクダイヤモンドでしょう」

「まぁ！」

驚いた。ヴォルヘルム様ってば、こんなサプライズを用意してくれるなんて。

不安な気持ちや緊張が吹き飛んだ。

ヴォルヘルム様のおかげで、本来のわたくしを取り戻したように思える。

さあまずは、この国の内情を把握しなければならない。多くの人と挨拶《あいさつ》しながら会場の様子をじっくり観察していると、勢力が四つに割れているように見えた。

一つ目は、皇帝陛下を中心とするチーム政治家。何においても保守的で、常に状況の変化に目を光らせている。

ただ、宰相のバレンティンシアは、おっとりしていて優しそうに見える。

「ベルティーユ妃殿下、初めまして。宰相のドミトリー・バレンティンシアと申します」

彼はそう言って、笑顔で握手を求めてきた。こんなにも愛想がいいなんて、もしかしたら祖国の財産を狙っているのかもしれない。そう思いさらっと実家の鉱山の話をしたが、彼は「そうなのですか！」と相槌《あいづち》を打つばかりで、取り入るようなことは言わない。バレンティンシアは警戒しなくてもよさそうだ。

二つ目は、ヴォルヘルム様を支持するチーム騎士隊。ヴォルヘルム様は騎士隊総司令官で、シトリンデール帝国の軍事力を統括している。騎士達はわたくしを守ろうと、脇を固めてくれていた。

わたくしの護衛隊長を務めるフロレン・フォン・レプシウスは、騎士隊一の男前と言われている金髪碧眼《へきがん》の美青年だ。今日はわたくしのすぐそばに立ち、時折声をかけてきた。

「ベルティーユ妃殿下、お疲れではありませんか？」

「いいえ、平気よ。フロレン、ありがとう」

お礼を言うと、フロレンは頭を下げて護衛に徹してくれる。彼らを警戒する必要はないだろう。

三つ目は教会の人達。神々への信仰を盾に、謎に満ちた権力を持つ集団だ。一応、中立的な立場にあるものの、何を考えているのかわからない。

司祭の代理で参加したらしい眼鏡をかけた若い神官は、顔は綺麗だけれど油断ならない雰囲気がある。

挨拶《あいさつ》に来ないのに、先ほどからちらりと視線を送ってくるので、とても気になる。少し気をつけた方がよさそうだ。

四つ目は、第二皇子クリスティアン様を支持するチーム暗躍《あんやく》集団。誰が所属しているかは謎だが、わたくしに鋭《するど》い視線を向けてくる者達は、十中八九《じっちゅうはっく》この一味だろう。

下手なことをすれば、命を狙われかねない。

暗躍《あんやく》部隊の中心となっている現皇后エレンディール様は、ヴォルヘルム様の母マリアンナ様が亡くなる前から、公妾《こうしょう》だった。そしてマリアンナ様が亡くなった直後に、皇后となったのだ。

そのため、裏では皇后の座を奪うためにマリアンナ様を暗殺したのではと噂され、『簒奪《さんだつ》皇后』と呼ばれているらしい。

エレンディール皇后は、実子であるクリスティアン様を次代の皇帝にして、自《みずか》らの地位を確固たるものにしたいのだろうか。

ちなみにエレンディール皇后は結婚式、披露宴《ひろうえん》共に欠席である。もともと、公式行事にも滅多《めった》に参加しないらしい。クリスティアン様はまだ十二歳で社交場に参加できる年齢ではないので、同じく不参加だ。

この国に来て早々、皇帝陛下の晩餐会《ばんさんかい》に誘われた時も、エレンディール皇后とクリスティアン様は体調不良で不在。ヴォルヘルム様もいなかったので、皇帝陛下と二人きりのお食事会となってしまった。

皇帝陛下の印象は、優しそうというか、ぼんやりしているというか。はっきり言えば頼りない感じだ。

だからこそ、皇帝陛下はヴォルヘルム様を守れず、危機的状況になっているのだろう。なんとも嘆《なげ》かわしい。

敵が誰で、味方は誰か。きちんと、見極めなければ。

――それにしても、わたくしはいつヴォルヘルム様に会えるのかしら。披露宴後《ひろうえん》の初夜の時間かもしれない。

実は、ヴォルヘルム様には六歳の時に出会って以降、一度もお会いしていない。

十二年間、ずっと文通しているだけだった。

第二皇子クリスティアン様の一派は日に日に勢力を増しているようで、ひと時も気を抜けないらしい。少しでも警戒を怠《おこた》ったら最後、皇太子の座は瞬《また》く間《ま》に、奪われてしまうのだとか。そのせいでヴォルヘルム様はほとんど公《おおやけ》の場に出てこないのだ。もちろん、マールデール王国に遊びにくることなどできるはずもない。なんて恐ろしい世界なのか。

ヴォルヘルム様のお気持ちを考えると、苦しくなる。

わたくしにできるのは、ヴォルヘルム様を支えることのみ。命をかけても全《まっと》うするつもりだ。

そのためには、宮廷内でわたくしの味方を探さなければ。

この件に関しては、一度ヴォルヘルム様とも話し合いが必要だろう。

披露宴《ひろうえん》は無事に終わり、とうとう初夜の時間となる。わたくしは絹の寝間着《ねまき》を纏《まと》い、寝室にやってきた。

寝台近くの円卓には、赤い薔薇《ばら》が飾られている。添えられているカードには『私の愛しい花嫁へ』と書かれていた。ヴォルヘルム様からの贈り物だ。

赤い薔薇《ばら》の花言葉は、『あなたを愛している』。なんて、熱烈なメッセージなのか。顔が火照《ほて》ってしまった。

あとはヴォルヘルム様を待つばかり。

――しかし、いくら待っても彼は寝室に現れない。

今日は初夜だ。一人では脱げない寝間着《ねまき》を着こみ、寝台の上でヴォルヘルム様を待っているのに……

「おかしいわ」

いったいどうしたのか。もしや、トラブルにでも巻き込まれてしまったのか。

わたくしは悩んだ末に、そば付きの騎士フロレンを問い詰めることにした。部屋の外にいるはずの彼を、鈴をちりんちりんと鳴らして呼び寄せる。

フロレンは細身で背が高い男性だ。腰まである長い金髪を高い位置で括《くく》り、非常に整った目鼻立ちをしている。物語に出てくる貴公子のような外見なので、侍女にとてもモテるらしい。

エミリアも、出会った当初はぽ～～っとしていた。

実は、わたくしもちょっと見とれてしまった。

というのも、蜜を含んだような甘い容貌《ようぼう》は、出会ったころのヴォルヘルム様と似ている気がするのだ。十二年前の記憶なので、曖昧《あいまい》なものではあるけれど。

フロレンはヴォルヘルム様の親戚らしいので、少し似ているのだろう。

「フロレン・フォン・レプシウスです」

「入って」

やってきたフロレンは、わたくしの前に優雅に片膝をつく。

「ベルティーユ妃殿下、何か御用でしょうか？」

「フロレン。ヴォルヘルム様は、いつ部屋にいらっしゃるの？」

フロレンは質問に答えず、気まずそうに顔を背《そむ》ける。しかし、無回答は許さない。

わたくしは扇《おうぎ》の先をフロレンの頬に当て、正面を向かせた。

「知っていることがあれば、報告なさい。お前の今の主人はわたくしよ。隠し事は、絶対に許さないわ」

この言葉の効果は抜群で、フロレンは口を開く。

「本日、ヴォルヘルム殿下はいらっしゃいません」

フロレンの言葉を聞いた瞬間、後頭部を金槌《かなづち》で叩かれたような衝撃を覚えた。

ヴォルヘルム様がここに来ない？　二度とない、初夜なのに？

「わ、わたくしに、会いたくないってこと？」

「いいえ、それは違います！　ヴォルヘルム殿下は、ベルティーユ妃殿下の嫁入りを、ずっと待ち望んでいらっしゃいました」

「だったら、なぜ、会えないの？」

黙りこむフロレンに、わたくしは質問を重ねる。

「ヴォルヘルム様は、わたくしのこと、嫌いになったのかしら？」

「いいえ、そんなことはありません！」

「だったらなぜ、来てくださらないの？」

フロレンは再度、顔を伏せる。その表情には苦悩の色が滲《にじ》んでいた。きっとヴォルヘルム様からは、わたくしを上手くあしらって誤魔化《ごまか》すように命じられているのだろう。

わたくしは膝を折り、跪《ひざまず》くフロレンと目線を合わせる。そして、慈愛の笑みを浮かべて命じた。

「フロレン、命令よ」

だがフロレンは口を開こうとしない。

笑顔が効かないのならと、今度は威圧感のある声で言う。

「フロレン・フォン・レプシウス、話しなさい」

フロレンの表情は一気に青くなる。

わたくしは続けて、強い瞳でフロレンを見つめ、プレッシャーを与えた。

しかし、フロレンは口を一文字《いちもんじ》に結んでいる。わたくしは次の手段に出た。

「一生のお願いだから！　誰にも言わないし、ここだけの話にしておくから、ね？」

手と手を合わせ、絶妙な角度に首を傾ける。渾身《こんしん》のぶりっこをしながら、いつもの倍以上瞬《まばた》きをしてフロレンを見つめた。

すると彼はわたくしから顔を背《そむ》け、歯を食いしばる。まだ、陥落《かんらく》しないらしい。

ならば、最後の手段だ。

「わたくし、お話を聞くまで眠らないいし、食事も取らないわ！」

秘儀・駄々《だだ》をこねる。子どもっぽい手段だが、切り札はこれしか残っていなかった。

無言でフロレンをじっと見つめる。一歩前に出て距離を詰めると、彼はわずかにたじろいだ。

「わ、わかりました。お話し、します……」

やっとのことでフロレンは観念し、口を開く。

「ここだけの話なのですが——ヴォルヘルム殿下が、とある一派より命を狙われているというお話は、ご存じですね？」

「ええ、知っているわ」

そのため、ヴォルヘルム様は病弱という嘘の情報を広め、公式の場には顔を出していないそうだ。

「そのような状況に置かれていても、皇太子という御身は多忙を極めます」

なんでもヴォルヘルム様は、朝四時に起床し、朝食は補佐官の報告を聞きながら取るのだとか。

その後、騎士隊総司令官の軍務をこなして、国交のある国へ手紙を書く。それから教会の祭事に参加し、山のような書類の裁決をする。

その話を聞いたわたくしは、ふと疑問に思う。

フロレンの説明から察するに、ヴォルヘルム様は部屋に引きこもっているわけではない。けれどそんな彼の姿を、離宮で働く人はほとんど見たことがないと言っていたのだ。

「ヴォルヘルム様はどうやって、お仕事をこなされているの？　誰にも見つからずに」

「それを可能とする唯一の手段は——変装です」

「え？」

「ヴォルヘルム殿下を取り巻く環境が変わったのは、今から十二年前。クリスティアン様がお生まれになってからです」

クリスティアン様が生まれた時、ヴォルヘルム様はまだ八歳。危惧《きぐ》を抱《いだ》いたのは、同じように命の危機にさらされていたヴォルヘルム様の母であるマリアンヌ様だったという。

「ヴォルヘルム殿下が危険にさらされることにお気づきになったマリアンヌ様は、遠く離れたご実家のあるマールデール王国へと連れ出したのですが……」

道中、マリアンヌ様は亡くなってしまった。誰かの手によって暗殺されたそうだ。その犯人は捕まっていないが、第二皇子一派の人間ではないかと考えられているのだとか。

その話を聞いて、わたくしはショックを受ける。

ヴォルヘルム様のお母様が亡くなったことは聞いていたけれど、まさか、暗殺されていたなんて……。

出会った日、ヴォルヘルム様は怯《おび》えていた気がする。それも、無理はなかったのだ。追いかけてきたわたくしが、暗殺者かと思ったのかもしれない。

知らずに、酷いことをした。胸がぎゅっと締めつけられる。

「そのあとあなた様に出会ったおかげで、ヴォルヘルム殿下は立ち直ることができたのです」

絶句するわたくしを見つめ、フロレンは続けた。

「マリアンヌ様が亡くなった直後のヴォルヘルム殿下は、人に怯《おび》え、生きることすら怖がっていらっしゃいました。しかしあなた様に出会い、生きる希望を見つけたそうです。そして生き抜くために、自《みずか》らを偽《いつわ》ることを決めたのです」

「自《みずか》らを偽《いつわ》る……それは先ほど言っていた、変装のこと？　ヴォルヘルム様は身分と外見を偽《いつわ》り、この離宮のどこかで働いていらっしゃるの？」

「はい。本日の披露宴《ひろうえん》にも変装していらっしゃいました」

披露宴《ひろうえん》では数百人と挨拶《あいさつ》したが、一人もピンとこなかった。きっと、挨拶《あいさつ》してくださった人の中に、ヴォルヘルム様はいない。

いや、ピンときたといえば――一人だけいた。

「わたくし、わかったわ」

「わかった、とは？」

「ええ。変装したヴォルヘルム様がどなたなのか」

答えを言う前に、フロレンはしゃがみこんでいたわたくしの肩と腰を支え、立ち上がらせてくれた。

わたくしはまっすぐ彼を見上げ、鋭《するど》く言う。

「フロレン、あなたがヴォルヘルム様なのね！」

「え？」

「間違いないわ」

今まで、どんなに綺麗な男の人に出会っても、ドキドキすることはなかった。しかし、フロレンには、ほんの一瞬ときめいてしまったのだ。

その理由はただ一つ。彼がヴォルヘルム様だからだろう。

「ヴォルヘルム様の近衛《このえ》部隊隊長であったあなたを、わたくしの専属護衛にすると聞いた時、疑問に思ったのよね。皇太子の護衛の要《かなめ》を、手放す理由はなんだろうか、と」

ヴォルヘルム様は、騎士隊の総司令官と、自《みずか》らの近衛《このえ》部隊の隊長という、二つの顔を持っているのだ。フロレンはスミレ色の目ではないけれど、大人になるまでに瞳の色が変わる話はよく聞く。

だから、彼がヴォルヘルム様でもおかしくない。

「フロレン……いいえ、ヴォルヘルム様、ずっと、会いたかった」

「い、いや、ベルティーユ妃殿下、誤解です！」

「隠さなくてもいいの。誰にも口外しないから」

わたくしはフロレンを思いっきり抱きしめる――が、違和感を覚えた。

「ん？」

……胸の辺りが柔らかいような？　どうして？

一度、離れてみる。顔を見上げると、フロレンは困り果てた表情を浮かべていた。

わたくしは手っ取り早く確認すべく、フロレンの上着に手をかける。

「ベルティーユ妃殿下、どうか、ご勘弁を！」

フロレンが抗議の声を上げたが、そんなことを気に留めている場合ではない。

「あの、何を……!?」

「確認するの」

「な、何をですか？」

フロレンはすっかり動揺しているようだ。わたくしにされるがまま、抵抗せずにオロオロしている。

さすがにもう、フロレンがヴォルヘルム様ではないと理解した。しかし、私の好奇心が、治まらなかったのだ。

フロレンが纏《まと》う上着のボタンを外し、下に着ていたシャツを捲《めく》ると、胸に布を巻きつけているのが視界に入った。その下にあるモノは確認しなくてもわかる。

「驚いたわ。あなた、女性だったのね」

「別に、隠しているつもりはなかったのですが」

「ごめんなさい。声が低いし、長身だから、すっかり男性だとばかり」

わたくしが離れると、フロレンは服を整える。そして、彼……ではなく彼女は、わたくしの前で片膝をついた。

「私は皇族で、ヴォルヘルム殿下のいとこです。そのせいか、昔から顔がよく似ていると言われていました。だから、その、勘違いされるのも無理はないかと」

「そうだったのね」

せっかくヴォルヘルム様に会えたと思ったのに、残念だ。ここで、ふと気づく。

「あなた、ヴォルヘルム様の近衛《このえ》部隊の隊長をしていたのよね？　今も彼の部下であることは変わらないのよね？　もしや、ヴォルヘルム様と会っているの？」

「え？　ええ、まあ……」

顔を伏せ、困った表情を浮かべるフロレンは、妙に女性らしい。嫌な予感が胸を過《よぎ》る。

ヴォルヘルム様とフロレンは、特別な関係なのではないか。

「二人は、どういう関係なの？」

「か、関係ですか？」

「フロレンも、ヴォルヘルム様のことを好きなの？」

「いいえ。異性として意識したことは、一度もありません。家族のような、親友のような……そんな関係です。ヴォルヘルム殿下はベルティーユ妃殿下一筋《ひとすじ》ですので、どうかご安心ください」

彼女の目はまっすぐで、嘘をついている風には見えない。

どうやら、わたくしの思い違いのようだ。

「フロレン、ごめんなさいね」

「いいえ、こちらこそ、我《わ》が国の事情に巻き込んでしまい……」

「それはいいのよ。覚悟はできていたから」

しかし、この一件で不安になってしまった。どうやらわたくしの目は、とんでもない節穴《ふしあな》のようだ。

「わたくし、ヴォルヘルム様とすれ違っても、気づかないかもしれないわ」

「今は、それでいいと思います」

現在ヴォルヘルム様は、クリスティアン様を支持する過激派の活動を支える人物を、追っている最中らしい。

この問題が片付かない限り、わたくしとヴォルヘルム様は会うことができないという。

「そんな……。困るわ。わたくし、子どもが十六人欲しいのに……」

「なぜ、十六人も？」

「あら、わたくしの国の伝説の王妃、マリーアーヌをご存じでないの？」

マリーアーヌとは、盲目の国王の代わりに政治を執《と》り行《おこな》いながらも、十六名の子どもを産んだ偉大な御方である。そう説明すると、フロレンは感心したように頷《うなず》いた。

「そんな偉業を成《な》し遂《と》げた方がいらっしゃるのですね」

わたくしも、かのマリーアーヌのように、子宝に恵まれたい。結婚一年目から子どもを作る計画を立てていたのに、なんてことだ。

けれど、ヴォルヘルム様が十年以上悩まされてきた問題を、簡単に解決できるとは思えなかった。いったいどうなるのか……不安だ。

「何があろうと、ベルティーユ妃殿下のことは、私が守りますので」

ヴォルヘルム様は危険にさらされているにもかかわらず、一番信用しているフロレンを、わたくしの護衛につけてくれた。これは、きっとヴォルヘルム様からの愛だろう。

わたくしは実家から持ってきていた剣を、荷物の中から取り出した。鞘《さや》から刃を抜くと、剣の腹でフロレンの肩を叩く。

これは、姫君と騎士の契約の儀式だ。わたくしはフロレンを盾とし、自《みずか》らの知りうる知識を剣とする。この二つがあれば、きっとどんな困難も乗り越えることができるだろう。

ヴォルヘルム様の命を狙うなんて、絶対に許さない。敵を徹底的に排除し、このバラバラな宮廷をまとめなければ。そのためには、強力な後ろ盾も必要だ。

そして平和になった暁《あかつき》には、ヴォルヘルム様と共に表舞台に立ちたい。

きっといつか叶うはず。そう、心から信じている。

挿話　フロレンの活動報告　その一

「ご苦労様フロレン、下がっていいわ」

「はっ！」

契約の儀式が終わり、私――フロレン・フォン・レプシウスはベルティーユ妃殿下の護衛任務から外れた。

部屋を出て、扉の前で一礼する。右手を上げると、廊下で待機していた部下が一歩前に出てきた。

「フロレン・フォン・レプシウス護衛隊長、お疲れ様です」

「ああ。あとは頼むよ」

「御意《ぎょい》に」

夜間の護衛は部下に任せ、私はヴォルヘルム殿下に一日の報告をしなくてはならない。そのため、ベルティーユ妃殿下の生活の拠点となるここ『サファイア宮』から、ヴォルヘルム殿下が暮らす

『ルビー宮』に移動する。

そして殿下が待つ隠し部屋まで急いだ。

昼間は祝賀ムードで浮かれていた宮廷内も、すっかり静寂を取り戻している。

窓から明るい月の光が差し込み、廊下に窓枠の影を落としていた。

ふと、その光源を見上げる。空に浮かぶ月は、今宵《こよい》も美しい。

――この宮廷内にも変化が訪れる。それは、我々にとって、長年待っていた、またとない好機であった。

ベルティーユ妃殿下。彼女は、私達の勝利の女神となるだろう。

そんな確信を抱《いだ》きながら、図書室に入った。

皇族しか入れないこの図書室には、隠し部屋がある。備えつけのランプに火を灯《とも》すと、隠し部屋を開ける鍵となる本を探した。

『とある伯爵令嬢と、秘密の花園　二十七巻』

時代遅れの恋愛小説を、本棚の奥までぐっと押す。次に、同シリーズの十二巻を本棚の奥へと押し込んだ。三十巻分の本を決まった順番で押していく。すると、壁際にあった本棚が地下に沈み、階段が現れた。その先には、隠し部屋の扉がある。

この部屋に、ヴォルヘルム殿下がいるはずだ。きっと、今日はご機嫌がことさら悪いだろう。

ため息を一つ落としてから、階段を下りた。

「……フロレン・フォン・レプシウスです」

声をかけると、ギイと重たい音を立てて扉が開かれた。

隙間から顔を覗《のぞ》かせるのは、ヴォルヘルム殿下に仕《つか》える老執事。鋭《するど》い眼差《まなざ》しを、遠慮なく私に向けている。彼は元騎士隊の総隊長で、三年前に定年退職したあと、ヴォルヘルム殿下の執事になった。

「ありがとう」

私は礼を言い、入室する。この隠し部屋は広くない。暖炉に円卓、椅子、ちょっとした本棚があるだけの、殺風景な部屋だ。

その中央にある椅子に、ヴォルヘルム殿下は腰かけていた。

銀色の髪にスミレ色の瞳を持つ彼は、顔立ちが私と少し似ている。とはいえ、まさかベルティーユ妃殿下に、ヴォルヘルム殿下だと勘違いされるとは夢にも思わなかったが。

「やあ、フロレン。ご苦労だった。私のベルティーユと会って、どう思った？」

ヴォルヘルム殿下は静かに尋ねてきた。

なんと答えていいものか。

かの皇太子妃は、可愛らしさと美しさを兼ね備える完璧な御方だ。だが、そんな外見のことはわかりきっているのでヴォルヘルム殿下が聞きたいのは内面の話だろう。実際に話してみると、彼女は一本の太い芯が通った、強《したた》かな御方だと感じた。さすが、ヴォルヘルム殿下が選んだだけの女性である。

「で？　どうだった？」

「素敵な女性でした」

「そうだろう？　私のベルティーユは、実に素晴らしい」

どうやら機嫌を損ねる言葉ではなかったようで、ホッとする。

ヴォルヘルム殿下は常に冷静沈着で、感情を表に出すことはほとんどない。しかし、ベルティーユ妃殿下が絡むと、人が変わったようになってしまうのだ。

そもそもヴォルヘルム殿下の性格は、ひねくれていた。母君マリアンヌ様と現皇后エレンディール様の争いに巻き込まれ、人の汚い部分を見ながら育ったのだ。未来には希望も何もないと、ずっと思っていたらしい。

そんなヴォルヘルム殿下に、突然希望の光のような女性が現れた。ベルティーユ妃殿下だ。

幼少期のヴォルヘルム殿下を、彼女は『猫みたいに可愛い！』と言い、溺愛したらしい。それ以来、ヴォルヘルム殿下は大変な猫かぶりとなってしまったのだ。

しかしそれは、変装という形で彼の特技となる。

「それで、私が誰に変装しているかは、彼女に話していないだろうね？」

「もちろんです」

ヴォルヘルム殿下の変装は完璧だ。

彼は十二年前から変装し続け、架空《かくう》の人物として人生を歩んできた。今までバレたことはない。

「奴らの意識がベルティーユに向いている間に、事を片付ける。フロレン、お前は彼女を死ぬ気で守ってくれるね？」

彼らとは、ヴォルヘルム殿下の命を狙う一派のことだ。

私は命がけで、奴らからベルティーユ妃殿下を守らないといけない。

「御意《ぎょい》に」

いくら奴らを片付けることができても、彼女がいなければ、ヴォルヘルム殿下の御心に平穏は訪れないのだから。

第二章　ヴォルヘルム様を探して……

結婚式翌日。わたくしは優しい声で起こされる。

「ベルティーユ妃殿下、朝ですよ」

凛《りん》とした、素敵な声。それは、幼い頃わたくしの名を呼んでくれたヴォルヘルム様の声によく似ていて――

「ヴォルヘルム様！」

ぱっちりと目を開けたら、目の前にいたのは、金髪碧眼《へきがん》の麗人――フロレンだった。

「あら？」

「おはようございます、ベルティーユ妃殿下」

「おはよう、フロレン？」

「はい、フロレンにございます」

わたくしはまた、フロレンとヴォルヘルム様を間違えてしまったようだ。

なんて恥ずかしいことを。そう思いながらため息をこぼすと、侍女のエミリアを呼んで着替えを始めた。

「あ……」

　すると突然、フロレンが困惑の表情を浮かべる。部屋を出るかこの場に留まるか、迷っているらしい。

「フロレン、ここにいても結構よ」

「すみません、ずっと護衛対象がヴォルヘルム殿下でして、女性を護衛することに慣れておらず……」

「気にしないでちょうだい」

「ベルティーユ妃殿下の御心遣いに感謝します」

　着替えをしている間、フロレンは本日の予定を読み上げてくれた。

「このあと朝食と一時間の休憩。午前中は、ベルティーユ妃殿下の護衛部隊の閲兵式《えっぺいしき》と、大聖堂での祭儀。次に昼食、一時間の休憩を挟みまして、離宮の案内。夜は晩餐会《ばんさんかい》が入っています」

「ありがとう」

　わたくしにとっては、忙しくもなく暇でもない、皇族の一日だ。ヴォルヘルム様はもっと多忙なスケジュールをこなしているだろう。

「今日は、変装したヴォルヘルム様にお会いできるかしら？」

「え!?」

　フロレンの切れ長の目が、見開かれる。

　わたくしがじっと見つめると、フロレンはふいと目を逸《そ》らした。

　否定しないということは、きっと、ヴォルヘルム様とどこかで会う可能性があるのだろう。

問い詰めたら喋《しゃべ》ってくれそうだけれど、そうしたらフロレンがヴォルヘルム様に怒られてしまうだろう。気の毒なので、やめておこう。

「フロレン、冗談よ。今日はとっても忙しいから、ヴォルヘルム様を探している暇なんてないわ」

そうフォローを入れると、フロレンは申し訳なさそうに頭を下げる。

『申し訳ありません」

そうしているうちに、身支度が整った。

今日の装《よそお》いは、クリーム色のドレスに、青のサテンシューズ。午前中に祭儀があるので、落ち着いた色合いが選ばれたようだ。

髪は頬にかかる部分を下ろし、後ろの髪はシニヨンにして薔薇《ばら》のバレッタで留めてくれた。

化粧は地味すぎず、かといって派手すぎず、品のある感じに仕上がっている。

皇族は皆の憧れる存在でなくてはならない。毎日、完璧に着飾ることは義務なのだ。

「ねえフロレン、今日のわたくしはどうかしら？」

フロレンの前でくるりと回って、感想を求める。

「とても素敵です」

フロレンは記憶の中にあるヴォルヘルム様に似た顔と声で、そう言ってくれる。

「ありがとう」

途端にわたくしは、胸が切なくなった。同時に、何をしているのだと情けなくなる。

「フロレン……ごめんなさい」

「ベルティーユ妃殿下、どうかなさいましたか？　謝罪など不要です」

「いいえ、謝らなければならないわ。ごめんなさい。わたくし今、フロレンをヴォルヘルム様だと思って尋ねたの。本当に、反省しているわ」

しかし、フロレンは怒らない。それどころか、とんでもないことを言ってくる。

「どうか、お気になさらずに。ベルティーユ妃殿下の御心が晴れるならば、私をヴォルヘルム殿下だと思って、接してください。実は私は、ヴォルヘルム様の影武者として育てられたのです」

「そう、だったのね」

「はい。女の身ですが、ヴォルヘルム殿下と顔が似ていると言われ……。しかし、年を重ねるにつれて私とヴォルヘルム殿下の姿は変わってきたので、今は無理ですが」

「今のヴォルヘルム様は、どんなお姿なの？」

「私より背が高く、声は低いです。顔立ちは、今でも少し似ています。だから、どうぞ遠慮なく、なんでも命じてください」

「フロレン……ありがとう」

フロレンの思いに報《むく》いるため、立派に公務を勤め上げなければと、わたくしは気を引き締めたのだった。

朝食後、フロレンが一通の手紙を銀盆にのせて運んできてくれた。

「ベルティーユ妃殿下、こちら、ヴォルヘルム殿下からのお手紙です」

「まあ！」

お忙しい中、お手紙をくれるなんて……嬉しい。

「『愛しいベルティーユへ』ですって。ああ、ヴォルヘルム様の文字だわ」

思わず頬擦りしそうになったけれど、フロレンの目があるので、ぐっと我慢した。代わりに、手紙を胸に抱き、幸せを実感する。

それから、エミリアが持ってきてくれたペーパーナイフで、中の便箋を切らないように慎重《しんちょう》に開封した。高鳴る胸を落ち着かせながら、手紙を読む。

私のベルティーユへ
おはよう、私の奥さん。

昨日は、お疲れさま。とても立派に勤め上げていたね。隣に立つことができなくて残念だったけれど、君は私の誇りだと改めて思ったよ。

それから、花嫁姿は世界一綺麗だった。君以上に美しい人はいない。

ベルティーユと結婚できて、私は本当に幸せだ。ありがとう。

愛しているよ。

ヴォルヘルム

『『私の奥さん』ですって！　世界一綺麗で、愛しているですって！　はあ～～。ヴォルヘルム様のお手紙って、なんて尊《とうと》いの！」

『私の奥さん』という呼びかけだけでも破壊力抜群なのに、最後に愛のお言葉まであるなんて……

そういえば、愛していると言われたのは初めてだ。先ほどから、胸のドキドキが鳴りやまない。

「わたくし、天に昇《のぼ》ってしまうわ」

その言葉を聞いたフロレンが、ぎょっとする。

「あの、天に昇《のぼ》るというのは……？」

彼女が恐る恐るといった感じで聞いてくるので、わたくしは笑いをこらえながら答えた。

「比喩《ひゆ》よ、比喩《ひゆ》」

「そう、ですよね。申し訳ございません」

「気にしないで」

それにしても、素敵なお手紙をもらってしまった。さっそく、お返事を書かなければ。

「エミリア、便箋とペンを持ってきてくれる？」

「かしこまりました」

お返事を書き終えると、ちょうど閲兵式《えっぺいしき》に向かう時間だ。

わたくしはフロレンと共に部屋を出て、式が開かれるという中庭に向かう。

「ねえ、フロレン。わたくしの護衛って、何名いるの？」

「ザッと、百五十名ほどです」

「そ、そんなにいるの？」

「はい」

門番から離宮内見張り、身辺警護など、任務は多岐にわたるようだ。わたくし一人ではなく、離宮単位で守ってくれるという。

中庭に到着すると、騎士達がずらりと整列していた。騎士達の纏《まと》うマントの裏地は赤い。赤髪であるわたくしをイメージしてデザインしてくれたらしい。

わたくしが皆の前に立つと、先頭に立つ者の号令で、騎士達がいっせいに敬礼する。

その迫力に圧倒され、笑みが引きつってしまう。

すると、号令を出した騎士と目が合った。

栗色の髪に琥珀《こはく》色の目を持つ、少々地味な青年だ。顔立ちは精悍《せいかん》でそこそこ整っている。背はフロレンより少し高いくらいで、筋肉質すぎないけれど引き締まった体つきだ。ぎゅっと唇を結び、真面目そうな雰囲気を醸《かも》し出している。

なんとなく佇《たたず》まいに品があって、ただの貴族男性とは一線を画しているように見えた。

フロレンがわたくしに耳打ちする。

「ベルティーユ妃殿下、前に出ている男が、護衛部隊の副隊長です。名を、ローベルト・フォン・ハイデルダッハと申します」

「ふうん」

ハイデルダッハ家は確か、シトリンデール帝国で三本の指に入るほどの名家だったような。

広大な土地を有していて、畜産、林業、農業など、さまざまな事業を手がけているはずだ。

実家の事業を継《つ》がずに騎士をして身を立てているとは、何かわけがあるのか。

フロレンに屈《かが》むように命じ、彼女の耳元で低い声で質問してみた。

「もしかして、ローベルト・フォン・ハイデルダッハが、ヴォルヘルム様？」

これは、完全なるカマかけだ。ヴォルヘルム様は若くて地位のある男に変装している可能性がある。当てずっぽうで言っていけば、当たるかもしれない。

そう思って、ちらりとフロレンの顔を見てみる。聞かれた彼女はきょとんとした顔をしていた。

……どうやら、彼はヴォルヘルム様ではないようだ。

やはり、わたくしの目は節穴《ふしあな》なのだろう。しかし、なんだか気になる存在である。

「フロレン、お願いがあるのだけれど」

「なんなりと」

「あの、ローベルト・フォン・ハイデルダッハと話がしたいわ。場を設《もう》けてくれる？」

スケジュールにはまだ余裕がある。お茶一杯くらいであれば、可能だろう。

「よろしくって？」

「ええ。では、今から準備いたします」

「ありがとう」

フロレンが側近に指示を出し、わたくしの後ろにいた従者達が散っていく。

そして護衛騎士が一人、ローベルトに駆け寄った。

護衛騎士に二言三言告げられて、ローベルトはわたくしの方を見る。軽く手を振ると、彼は九十度の角度でお辞儀をした。なんて大袈裟《おおげさ》な。

これも、皇太子妃のご威光なのかもしれない。


五分とかからずに、接見の準備が整えられた。

ローベルトは応接間に入るなり、ソファに座るわたくしの目の前で片膝をつく。

するとフロレンが、改めて紹介してくれる。

「ベルティーユ妃殿下、先ほど紹介しましたが、彼はハイデルダッハ侯爵家のローベルトという者です。今年で二十五歳だったかと」

ローベルトはわたくしが声をかけるのを、じっと待っている。

「ベルティーユ様の護衛部隊に配属される前は、帝国の辺境スレインテオル地方で、療養《りょうよう》中の皇太后様の身辺警護をしておりました。私の実家とも懇意にしているため、ヴォルヘルム殿下も信頼を置けるとご判断されたそうです」

ヴォルヘルム様が皇太后様にかけあい、わたくしの護衛をさせるためにわざわざ彼を呼び寄せてくれたらしい。

「あら、あなた、わたくしのために、この帝都に来てくれたのね。ありがとう」

「もったいないお言葉でございます」

ローベルトの声はとても大きく、はきはきしていた。ちょっとびっくりしたけれど、ほどよい低さで聞き取りやすい声だ。

しかし、彼は顔を上げようとしない。

たしかシトリンデール帝国の古いしきたりに、貴人と接見する際、目下の者は許されない限り目を伏せるようにというものがある。しかし、近年、行《おこな》われなくなっているはずだ。

フロレンのほうを見ると、彼女は苦笑している。

「彼は、皇太后様のもとで、徹底的に礼儀を叩き込まれました。だから、こんな感じなのですよ」

「そうだったのね」

皇太后様の教育の末に、現代には珍しい古典的な騎士が完成した、ということか。

ただの貴族男性とは一線を画して見えたのは、これが原因だろう。

ローベルトはいまだ、床に片膝をつき、顔を伏せたままだ。彼をそうさせるのは皇家への忠誠心ゆえなのだろうか。まるで、古い物語の中から飛び出してきた騎士である。

しかし、よくよく見ていたら、耳が真っ赤だ。もしや、緊張しているのだろうか。

ちょっとからかって……じゃなくて、緊張を解《ほぐ》してあげようかしら。

何より、近づいてみたら、彼がヴォルヘルム様かどうかはっきりわかるはず。

わたくしはローベルトの前にしゃがみこみ、彼の顔を覗《のぞ》き込んだ。

「ローベルト、これからよろしく」

すると彼は、バッと顔を上げた。その顔は真っ赤で、琥珀《こはく》色の目を見開いて口をパクパクと動かす。

「ベルティーユ妃殿下！」

フロレンは慌てた様子で、わたくしの腕と腰を引いて立たせた。

「臣下と同じ目線になることはいけません。ヴォルヘルム殿下が見たら、どうお思いになるか」

「あら、ごめんなさいね」

皇太子妃らしくない行動を取ってしまった。

ローベルトは顔を真っ赤にしたまま、石像のように固まっている。

ヴォルヘルム様がわたくしを前にして、ここまで照れるわけがない。これで彼がヴォルヘルム様でないことがわかった。

「ベルティーユ妃殿下、あなたはなぜ、あのようなことを？」

「それは――」

まさかヴォルヘルム様を探しているとは言えない。

しかし、フロレンはわたくしの意図を理解したのだろう。困ったような、けれど悲しそうな、複雑な表情を浮かべる。

「ごめんなさい、フロレン。もう二度と、こんなことはしないわ」

「そうしていただけると、助かります。ベルティーユ妃殿下、そろそろお時間が……」

「あら、そう。では行きましょうか」

部屋から出る前に、ローベルトに一言謝っておく。

「ローベルト、からかうようなことをしてごめんなさいね」

「いえ、とんでもないことでございます」

お詫《わ》びに、今度差し入れを用意しよう。バタークッキーしか作れないのだけれど、食べられるかしら？

母国で慈善活動の際に作っていたバタークッキーは、わたくしが唯一得意なお菓子だ。

しばらくは忙しいだろうけれど、余裕ができたらシトリンデール帝国のお菓子も作ってみたい。

そんなことを考えていると、フロレンが声をかけてくる。

「ベルティーユ妃殿下、このまま大聖堂へ向かってもいいですか？」

「ええ、もちろんよ」

早足で離宮の廊下を歩き、玄関に停まっていた馬車に乗り込む。

馬車はサファイア宮を離れ、大聖堂に向かった。

皇族の暮らすここ『エーデルシュタイン城』は広大で、四百棟の建物があるらしい。

それほどたくさん建物があるにもかかわらず土地に余裕があるので、移動は馬車でしなければならない。

窓の外に、白馬に跨《また》るローベルトが見えた。目が合ったが、彼から気まずげに逸《そ》らされてしまう。

その時、フロレンがゴッホンと咳払いする。わたくしはすぐさまカーテンを閉め、姿勢を正した。

十分ほどで大聖堂に到着した。ここは昨日、わたくしとヴォルヘルム様の結婚式が執《と》り行《おこな》われた場でもある。

なんでも、二百五十年かけて建造された国内最大規模の聖堂らしい。

天を穿《うが》つように突き出た尖塔《せんとう》の白さが、青空に映《は》えていた。

本日はここで祭儀がある。百年前の戦争で亡くなった騎士達に、祈りを捧《ささ》げるのだ。

すでに、多くの参列者がおり、席はほとんど埋まっていた。この国の人々の信仰心の深さがうかがえる。

わたくしは皇族席の長椅子に腰かけた。左側にフロレンが着席し、周囲はすべて護衛に囲まれる。

大聖堂の扉は閉ざされ、三十分間の黙禱《もくとう》の時間が始まった。

そのあと、若く整った顔立ちの男性が祭壇に上がる。

黒髪に灰色の目をした、三十歳前後の神官だ。眼鏡をかけており、他人を寄せつけない冷たい目つきをしていた。

詰襟《つめえり》でくるぶし丈《たけ》の祭服を纏《まと》い、白地に黒いラインの入った長い襟巻きを首にかけている。左手には分厚い本、右手には儀式用の権杖《けんじょう》を持っていた。

それにしても、こんなに若いのに祭儀を取りまとめる立場にあるなんて、いったい何者なのだろうか？

「フロレン、若い神官が祭儀を担当するのはよくあることなの？」

「いえ、彼は特別です」

若き神官の名は、フォルクマー・フォン・コールというらしい。

「コール家は優秀な聖職者を輩出した一族で、彼は、その……」

「親の七光り？」

わたくしがそう囁《ささや》いた瞬間、フォルクマーに睨《にら》まれたような気がして、びくりとした。しかし距離があるので、わたくしを見たとは確信を持てない。

そうこうしているうちに、パイプオルガンの厳《おごそ》かな演奏が始まった。眠気を誘う曲調だ。眠くなってくるが、背筋をしゃんと伸ばして耐える。

しばらくして、フォルクマーが死した英雄へ祈りを捧《ささ》げ始めた。

一節詠《よ》み終えると権杖《けんじょう》で床をタン！　と叩き、また次の祈りを詠《よ》む。その繰り返しである。

この祈りの時間が一番眠くなる——と思いきや、このフォルクマー、驚くほどの美声だ。

眠気なんて吹っ飛び、真剣に祈りの言葉に耳を傾ける。彼の声には、もしかして魔力があるのかもしれない。いや、聖職者なので魔力ではなく、聖力と表現したほうがいいのか。

周囲を見回すと、他のご婦人方も熱心に聞き入っているようだ。若い女性だけでなく、老齢の女性まで、ぽ〜っとなっている。

……なるほど。彼女達が信仰しているのは、神や過去の英霊ではなく、フォルクマーというわけか。

一時間半きっちり祈りを捧《ささ》げ、祭儀は終了となった。

皆、フォルクマーに熱い視線を向けつつ、大聖堂を出ていく。

わたくしも立ち上がり通路に出たところで、なぜかフォルクマーがこちらへ歩いてきた。

「はじめまして、ベルティーユ妃殿下」

驚いたことに、フォルクマーは唐突にわたくしに話しかけてきた上に、膝を折らずに手を差し出してくる。

目上の者に自分から話しかけるのは、礼儀知らずか馬鹿にしているかのどちらかである。

どちらにしても――フォルクマー・フォン・コール、なんて失礼な男！

しかし、不快感を露《あら》わにしてはいけない。奥歯を噛みしめ、ぐっと我慢した。

するとフロレンがフォルクマーを制止する。

「フォルクマー・フォン・コール！　この御方を、どなたと心得る!?　無礼ですよ！」

こういう時は、周囲の人が怒ってくれる。無礼を働かれた者は無礼者を徹底的に無視するというのが、社交界のルールだ。

「失礼。可愛らしい御方だったので、我慢できずに」

何が可愛らしい御方だ！　きっと、わたくしがフォルクマーを『親の七光り』だと言ったのが、聞こえたのだろう。

祭壇からここまで十メートル以上離れている上、その時はざわついていたのに。なんて地獄耳なのか。

そう思っていると、フォルクマーはわたくしを見てくすくすと笑う。フロレンはさらに彼を糾弾《きゅうだん》した。

「頭《ず》が高いです。今すぐ、膝を折りなさい！」

「……御意《ぎょい》」

しぶしぶ、といった感じで、フォルクマーは片膝をついた。この姿勢を取られてしまったら、わたくしも相手をする他ない。

「はじめまして、わたくしはベルティーユ・フォン・ホーエンホルン＝シュバリーンよ」

覚えなくても結構！　と続けそうになったが、その言葉はごくんと呑み込んだ。

「お会いできて光栄です。私は、フォルクマー・フォン・コールと申します」

手を差し出してきたので、イヤイヤ指先をのせる。ここで、爪に口付けをする振りをするのが、慣例である。だが、ありえないことに、フォルクマーはわたくしの爪先に唇をつけた。

「――なっ！」

堂々とした礼儀違反に、言葉を失う。キスなんて、ヴォルヘルム様からもされたことがないのに。

悔しさがこみ上げ、目に涙が浮かんだ。

この無礼を見ていたフロレンは、騎士達にフォルクマーを拘束するように命じた。

しかし、フォルクマーは騎士をひらりと躱《かわ》す。

「大聖堂で武力の行使は禁止されていますよ。フロレン・フォン・レプシウス、ご存じでないのですか？」

フロレンはぎゅっと唇を噛む。

「そもそも、キスを許してしまったのは、あなたの落ち度ではありませんか？」

そんなことはない。すべて、フォルクマーが悪いのだ。

けれど、フロレンは目を伏せ、悲しそうにする。

「騎士というのは、大聖堂の中では実に無力ですね」

確かに、大聖堂では武力を行使できないという決まりがある。けれど、フォルクマーのしたことは絶対に許されない。

ならば——わたくしは立ち上がり、フォルクマーに宣言した。

「では、わたくしが神に代わって、制裁します」

そう言ったあと、フォルクマーの頬を思いっきり叩いた。

パン！　と小気味いい音が、大聖堂の中に鳴り響く。

これは武力ではなく、失礼な物言いとキスをした男への制裁だ。断罪ではない。

フォルクマーは驚き、目を見開く。わたくしに叩かれることなど、想像もしていなかったのだろう。

そして彼は、ぽつりと呟《つぶや》いた。

「なるほど、そういうことですか」

「ん？」

何がなるほどなのか、まったくわからない。

「わかっていないようなので、説明させていただきます。私は、神などいないと思っていました」

「え？」

何やら問題発言が聞こえた気がして、思わず聞き返してしまう。

「だって、そう思いませんか？　神は、苦しい時も、辛い時も、助けてはくれない」

それはそうだ。けれど、聖職者であるフォルクマーが言っていい言葉ではない。

「しかし、神はいました」

突然の展開である。フォルクマーに信仰する神が現れたらしい。

「それは、あなた様だ！」

フォルクマーはそう言うと、わたくしの前で跪《ひざまず》き、大理石の床に額《ひたい》をくっつけた。

……うわあ、変な人。

全力で引いてしまった。助けを求めてフロレンを見たが、彼女は明後日《あさって》の方向を向いて目を合わせてくれない。他の騎士達も同様だ。

しかもフォルクマーは顔を上げ、さらにとんでもないことを言う。

「これからは、あなた様だけを信仰し、生きていきたいと思います」

頬を叩いたことで、変なスイッチが入ってしまったのかもしれない。怖すぎる。

これ以上関わりたくなくて、足早にその場から立ち去った。あとを追ってくる様子はないので、深く安堵《あんど》する。

その後、礼拝堂内にある客間に通された。

わたくしの休憩も兼ねた時間らしい。ソファに腰かけたところで、フロレンが頭を下げる。

「ベルティーユ妃殿下。……その、神官が無礼を働き、申し訳ありませんでした」

「いいえ。わたくしが失礼なことを言ったのだから、悪かったと思っているわ」

親の七光りだなんて、酷いことを言ってしまった。

「わたくしだって、親の七光りでヴォルヘルム様と結婚できたのに」

「いいえ、それは違います。ヴォルヘルム殿下と結婚されるために、ベルティーユ妃殿下が大層なご苦労をされたこと、うかがっております」

「ヴォルヘルム様から、聞いたの？」

「はい。殿下は一時期、この件で悩まれておいでだったので……」

なんでもヴォルヘルム様は、自分と結婚したらわたくしまで命を狙われてしまうのではと、恐れていたようだ。

「私は言いました。ベルティーユ妃殿下は、ヴォルヘルム殿下と結婚するために大変努力されている。それを無下《むげ》にするつもりなのかと」

「フロレン……あなたはずっと、ヴォルヘルム様を精神的に支えてきたのね」

「ヴォルヘルム殿下を支えていらしたのは、ベルティーユ妃殿下ですよ。お手紙が届くたびにどれだけ元気になっていたか、お見せしたかったです」

「ありがとう」

何はともあれ、このような失敗は、今後しないようにしなければ。皇族の評判を地に落としてしまう可能性だってある。

わたくしは、ヴォルヘルム様を陰から支えたいのだ。そのためには、大きな後ろ盾が欲しい。評価を落としたりしたら、それも難しくなってしまうだろう。

後ろ盾を手に入れたら、ヴォルヘルム様の命を狙う者達を王宮から永久的に追放し、共に表舞台に立てるようにするのだ。さらに、ヴォルヘルム様と直接お会いできるようになりたい。

私は決意を新たにしたのだった。

香り高いお茶を飲んで休憩した後、サファイア宮に戻る。

昼食も一人寂しく食べるのかと思いながら食堂に行くと、食卓に赤い花が活《い》けてあった。――いや、本物の花ではなく、ガラス細工だろうか？　ベゴニアの花を模したもののようだ。

「ベルティーユ妃殿下。あちらはヴォルヘルム殿下からの贈り物で、飴細工だそうです」

「そうなの？」

その赤い花に顔を寄せると、ふわりと甘い香りがした。しかもガラス細工のように透明度が高く、美しい。これが食べ物だなんて、とても信じられない。

「ベルティーユ妃殿下、ベゴニアの花言葉はご存じですか？」

「『幸福な日々』だったかしら？」

「はい。それから、『愛の告白』という意味もあるそうです。ヴォルヘルム殿下の今のお気持ち、とのことでした」

「まあ！」

さまざまな問題があって会えない中、ヴォルヘルム様はどんなお気持ちなのかと、不安だった。けれど、幸せだと教えてもらい、胸がじんわりと温かくなる。

その上、このベゴニアはヴォルヘルム様からの愛でもあるのだ。

「あとで、大切にいただきますわ」

「ええ。きっと、ヴォルヘルム殿下もお喜びになられるかと」

寂しい昼食になると思っていたが、ヴォルヘルム様のおかげで心のモヤモヤは綺麗に晴れた。午後からの公務も頑張ろう。

「そういえばフロレン、午後の離宮案内ってどこに行くの？」

ここエーデルシュタイン城には、四百もの建物がある。どこを回るのだろうか？

「本日ご案内するのは、ヴォルヘルム様のルビー宮です」

「まあ！」

ルビー宮はヴォルヘルム様の生活の拠点で、主な仕事場だという。そこを見学できるなんて、嬉しい。ヴォルヘルム様からのお手紙で、ルビー宮は素敵な離宮だとお聞きしていた。

「あの、ベルティーユ妃殿下。ヴォルヘルム殿下ご自身と面会することはできないのですが……」

「もちろん、わかっているわ」

わたくしがあまりにも喜んだからか、フロレンは申し訳なさそうになった。

まだヴォルヘルム様に会えないことは、重々承知している。

「ルビー宮で働く方に、ヴォルヘルム様のお話を聞こうかしら」

「ええ……そうですね」

一時間の休憩を終えたあと、わたくし達はルビー宮に移動した。

サファイア宮の隣といえども、馬車で十分かかる。城内はどれだけ広いのかと、呆れてしまった。

馬車を走らせること、きっちり十分。ルビー宮に到着した。

「――まあ！」

白い煉瓦《れんが》の壁に赤い屋根を持つ離宮は、青空に美しく映《は》えていた。

「青い屋根のサファイア宮も美しかったけれど、ルビー宮も素敵ね。もしかして、屋根の色以外の外観は一緒？」

「はい。サファイア宮とルビー宮は、対《つい》となるデザインで、三年前から造られたのです。エーデルシュタイン城初めての、夫婦離宮《めおとりきゅう》なのですよ」

「夫婦《めおと》離宮……ロマンチックな響きね。それにしても、三年前ということは、わたくしとの婚約が成立してすぐに建築が始まったのかしら？」

「そうですね」

なるほど。花嫁を迎える準備として三年待ってほしいと言われたのは、離宮を建てるためだったらしい。

半年前にルビー宮が完成し、サファイア宮はつい先月出来上がったという。

「実を言うと、結婚式までに完成するか、周囲はハラハラしていたのです」

建築家は最後まで手抜きすることなく、丁寧に造ってくれたそうだ。

「では、中へ」

ルビー宮の内装は、白を基調とした落ち着いた雰囲気で揃えられていた。

「こちらが、執務室になります」

最初に案内されたそこは、執務机に椅子、本棚があるだけのシンプルな部屋だった。

「ここが、ヴォルヘルム様が執務されている――」

部屋は無人かと思いきや、壁際に男性が立っている。わたくしは危《あや》うく、悲鳴をあげそうになった。

それに気がついて、フロレンは慌てる。

「ベルティーユ妃殿下、申し訳ありません。彼はヴォルヘルム殿下の副官で、殿下のいとこでもある――」

「バルトルト・フォン・ノイラート」

その男性は、両手を背中に回したまま、目線も合わせずにそう挨拶《あいさつ》した。

バルトルトと名乗った彼は、栗色の毛に琥珀《こはく》色の目を持つ、二十代前半くらいの青年だ。

長身に見えるものの猫背なので、正確な高さはわからない。顔面蒼白だけれど、大丈夫なのか。

容姿は平々凡々《きわめてふつう》。華やかな容姿のフォルクマーに比べたら、かなり地味だ。ヴォルヘルム様のいとこだというが、顔はまったく似ていない。

しかも迷惑そうにわたくしを見ている。眉間《みけん》に深い皺《しわ》が刻まれていて、わたくしのことはこれっぽっちも歓迎していないようだ。

わたくしは一応、あなたの上司の妻なんですけれど……。そんな言葉は呑み込み、笑顔で挨拶《あいさつ》した。

「バルトルト。お会いできて光栄よ」

「それは、どうも」

返事は素っ気なく、礼儀正しいとは言えない。

しかし、皇太子殿下の副官を務められるということは、優秀な人なのだろう。

「これからも、ヴォルヘルム様のことをよろしくお願いいたします」

「もちろん、そのつもりだ」

彼はそう短く答えるのみで、会話はブツッと途切れる。わたくしは戸惑《とまど》いながらも話を振った。

「え〜っと、ヴォルヘルム様は、普段ここでどんなことをされているの？」

「仕事」

それはわかっている。具体的な話を聞きたかったのだ。

しかし、守秘義務があるので、詳しく話せないのかもしれない。別の方向へ話を振ってみる。

「あなたは普段、ヴォルヘルム様とどんなお話をされているの？」

「私がここにいる間、ヴォルヘルム殿下はいない」

「そうなの？」

耳より情報だ。ヴォルヘルム様はバルトルトと入れ替わりに、ここで仕事をしているらしい。ということは、彼がいない時間帯を狙えば、ヴォルヘルム様に会えるかもしれない。

「ありがとう。邪魔したわね」

「本当に」

無遠慮に答えたバルトルトに、フロレンが耐えかねたように注意する。

「なんと無礼な」

「いいのよ、フロレン。人間、素直が一番だわ。それでは、ごきげんよう」

わたくしが手を振っても、バルトルトは軽く会釈《えしゃく》するだけ。結局、最後まで目を合わせてくれなかった。

そのあとは、ルビー宮の使用人が中を案内してくれる。

居間に食堂、書斎に私室と、どの部屋も生活感がない。使用人に聞いても、ヴォルヘルム様のスケジュールは把握していないようだ。

最後に案内してもらったのは、ヴォルヘルム様の寝室だった。

「ここで、ヴォルヘルム様がお眠りになって――」

わくわくしながら寝室に足を踏み入れたところで、言葉を失った。なんと、わたくしの巨大な肖像画が飾られているのだ。

「こ、これは、な、なんでここに？」

「三年前に、マールデール国王陛下から贈られました。ヴォルヘルム殿下がもっとも大事にされている絵画です」

肖像画は年に一度描いてもらっていたが、どこに飾っているか把握していなかった。まさかこんなところにあるなんて……

「ヴォルヘルム殿下から国王に、ベルティーユ妃殿下の絵をいただけないかとお願いしたようですよ」

「そう、だったのね。お父様ったら、そんなこと一言もおっしゃっていなかったので……」

なんというか、びっくりした。

十五歳のわたくしの肖像画は、無表情だ。

ヴォルヘルム様に贈る肖像画とわかっていたら、笑顔を維持したのに。

肖像画を描いてもらう時は、何時間も姿勢や表情を維持しなければならないので、かなり疲れるのだ。絵を描く画家は、もっと大変なのだとわかっていても、疲れることに変わりはない。

エミリアは当時、完成画を見て『王族の威厳が溢《あふ》れています』なんて言ったけれど、単にこの表情が一番楽だっただけである。

予想外のことがあったものの、これにてルビー宮見学は終了となった。

ルビー宮を出ると、陽が傾きはじめている。

「フロレン、夜は晩餐会《ばんさんかい》だったわね」

「はい」

「では、早めにサファイア宮に戻りましょう」

本日最大のお仕事である、晩餐会《ばんさんかい》が待っている。会場は、皇帝離宮であるダイヤモンド宮。これも、もちろん一人で行かなければならない。正直不安だが、頑張らなければ。

今日こそ、エレンディール皇后と第二皇子クリスティアン様に会えるかしら。

二人共、公式行事にはあまり参加しないらしいけれど、そろそろ挨拶《あいさつ》したい。

サファイア宮に戻ると、晩餐会《ばんさんかい》に行く支度をした。お風呂に入り、体を磨く。髪は丁寧に梳《くしけず》り、香油で揉《も》んで艶《つや》を出す。

晩餐会《ばんさんかい》はごてごてに着飾る必要はないので、ドレスは落ち着いた色合いを選ぶ。代わりに、会話に花を咲かせるのだ。

晩餐会《ばんさんかい》は親交を深める場所で、ドレスや化粧は二の次なのである。

身支度が整ったところで、フロレンと護衛部隊がやってきた。今日のエスコート役は、皇族として晩餐会《ばんさんかい》に招かれているフロレンだ。女性だが、ヴォルヘルム殿下直々《じきじき》の命令ということで、エスコート役を任せた。

「ベルティーユ妃殿下、今宵《こよい》も美しいです。まるで、草原に咲いた一輪の薔薇《ばら》のよう」

「まあ、フロレンったら」

というか、わたくしよりもフロレンのほうが数百倍も素敵だ。騎士隊の白い正装姿は、目が眩《くら》むほどカッコイイ。まるで貴公子みたい。フロレンは、女性だけれどね。

それにしても、彼女は絵になる。『わたくしのフロレンを見て！』と自慢したいほどだ。

「本日は、ローベルトもついておりますので」

「あら、そう」

よく見たら、フロレンの背後にローベルトもいた。彼も白い正装姿だが、フロレンに比べるといささか地味に見える。

「ローベルト、よろしくね」

「はい。何があろうと、ベルティーユ妃殿下を、お守りいたします」

相変わらず、ローベルトの顔は赤い。目を合わせてくれないのは、緊張のせいだろう。

バルトルトも目を合わせてくれなかったけれど、彼はわたくしに興味がない雰囲気だった。

そんなことを考えていると、フロレンが声をかけてくれる。

「ベルティーユ妃殿下、そろそろ出発しましょう」

「ええ、そうね」

フロレンと腕を組み、護衛に囲まれて、ダイヤモンド宮へ向かった。


本日の晩餐会《ばんさんかい》は親族のみでという話だったので、ささやかな規模だと思っていた。

しかし、それは思い違いだったようだ。

皇族の数は、分家を含めると百名を優に超える。そのほとんどが参加する会らしい。

食堂は舞踏室《ボールルーム》かと思うほど広かった。そこに、とても長いテーブルが何列にも置かれている。

テーブルの中央には金の蝋燭《ろうそく》が置かれ、その脇にみずみずしい果物が並んでいる。カトラリーはすべて銀。テーブルクロスには精緻《せいち》な薔薇《ばら》の刺繍《ししゅう》がなされている。

テーブル以外も、贅《ぜい》が尽くされている。水晶のシャンデリアに絹の絨毯《じゅうたん》、壁紙の蔦《つた》模様には金箔《きんぱく》がふんだんに使われていた。

なんて絢爛豪華《けんらんごうか》な食堂なのか。目が眩《くら》んでしまう。

「ベルティーユ妃殿下、大丈夫ですか？」

「え、ええ。平気」

わたくしは驚きのあまり、口をぽかんと開けていた。扇《おうぎ》を広げて、口元を隠しておく。

「こちらへ」

従僕の案内で、席に向かう。

「こちらでございます」

案内されたのは、皇帝陛下の斜め前で皇后陛下の目の前という特等席だった。なんて恐れ多い……

フロレンが隣に座ってくれるのが、唯一の救いだ。

皇帝皇后両陛下はまだ来ていない。このテーブルでは、わたくしが一番乗りのようだ。

ローベルトの引いてくれた椅子に腰かける。

「ベルティーユ妃殿下、顔色がよろしくないようですが」

「えっ！」

突然、ローベルトに耳元で囁《ささや》かれ、驚いてしまった。他に聞こえないように配慮してくれたのだろう。

フォルクマーみたいな美声というわけではないけれど、穏やかで優しい声だ。

ヴォルヘルム様がこんな感じだったら素敵だな、とぼんやり考える。

「ベルティーユ妃殿下？」

隣に座るフロレンに顔を覗《のぞ》き込まれ、ハッとした。

「あ、いえ、平気よ。ちょっと、緊張しているだけで」

いったい何を考えているのか。今から大事な晩餐会《ばんさんかい》だというのに。

帝国に来てからというもの、どうしても男性にヴォルヘルム様のイメージを重ねてしまう。

わたくしがヴォルヘルム様に会いたいからだろう。

朝、手紙をもらって天にも昇《のぼ》るような気持ちになったけれど、物足りない。

しかし、今はヴォルヘルム様への恋慕に蓋《ふた》をしておかなければ。隙を見せてはいけないのだ。

特に、『簒奪《さんだつ》皇后』ことエレンディール皇后に対して、警戒する必要がある。

しばらくして、一番大きな出入り口にいる騎士が「静粛《せいしゅく》に！」と叫んだ。食堂内にいた者達は私語をやめ、シンと静まり返る。

どうやら、本日の主役がいらっしゃったようだ。楽団の演奏が始まると、扉が開かれる。

「皇帝陛下の、御成り！」

その言葉の後、皇帝陛下が入場された。

皇帝陛下のお名前は、アルベルト・フォン・ロイゼン。

白髪《しらが》頭に痩《や》せた頬、形のいい髭《ひげ》を持つ男性だ。――よく言えば優しげで、悪く言えば頼りなさそうに見える。

皇后派に教会派、大臣達といくつもの派閥争いに巻き込まれ、日々大変な思いをしているのだろう。その苦労が、顔や表情に表れている気がした。

皇帝陛下のどっちつかずな態度のせいで、ヴォルヘルム様が命を狙われているのだろうけれど。

あとに続くのは、宰相のバレンティンシア。目が合うと、彼はふんわりと微笑んでくれた。わたくしも笑顔をお返しする。

皇帝陛下は現在、大臣達を味方につけて保守的な立場を保っている。皇太子であるヴォルヘルム様を守ってくれたら、どれだけ力強いか。

しかし、ヴォルヘルム様の暗殺を目論《もくろ》む者達と教会が揃って強硬な手段に出たら、太刀《たち》打ちできない。そのため、大人しくしているしかないのだろう。

皇帝陛下が席に着いたが、エレンディール皇后とクリスティアン様はやってこない。

「ベルティーユ、すまぬ。皇后とクリスティアンは、体調不良のため欠席だ。ヴォルヘルムもいつもの通りである」

「さようでございますか」

ヴォルヘルム様はともかくとして、エレンディール皇后とクリスティアン様は結婚式と披露宴《ひろうえん》に続いて欠席とは。よほど、わたくしに会いたくないのか。

そういえば、この結婚はエレンディール皇后にとって、面白くないものなのかもしれない。

わたくしの実家であるマールデール王国は世界でも指折りの財政力を持つ。今回の結婚で、父はずいぶんと持参金を奮発したようなので、皇家の財政はかなり潤《うるお》ったはず。

ただ、出しゃばりすぎないように注意しないと、暗殺対象になってしまうのかもしれない。皆の前では大人しく、従順であることを示しておかなくては。

皇帝が席に着いたので、給仕がやって来て、準備を始めた。

今夜はどんな料理が並ぶのか。

シトリンデールは海に面しているからか、毎食のように新鮮な魚が食卓に上がる。マールデールは四方八方山に囲まれ、魚介類は貴重だったので、この国の食事に毎食ワクワクしていた。

『ベルティーユ、この国での暮らしに慣れたか？」

皇帝陛下に話しかけられ、頭の中が魚でいっぱいだったわたくしは、現実に引き戻される。

「困ったことがあれば、私に言え。すぐに、改善させよう」

「ありがとうございます」

皇帝陛下は、この通り優しい人だ。ただ、この気質では、皇帝として生き辛いだろう。

「色々とすまない」

ぼそりと呟《つぶや》かれた言葉は、わたくしにしか聞こえないほど小さなものだった。

反応していいものか、困る。すごく、困る。

国のトップである皇帝が謝ることなど、あってはならない。皇帝陛下も、わかっていらっしゃることだろう。先ほどの謝罪は、皇帝としてではなく、ヴォルヘルム様の父親として言ったに違いない。

陰謀渦巻《いんぼううずま》く宮廷に一人放り出されたわたくしが、気の毒な娘に見えたのだろう。しかし、わたくしはそんな風に思っていない。

「……幸せです。この国に、嫁《とつ》ぐことができて」

謝罪は聞かなかったことにして、こう答えた。今言える、精一杯の言葉である。

「そうか。だったら、よかった」

皇帝陛下は独り言のように呟《つぶや》き、ワインが注《つ》がれたグラスを手に取って立ち上がった。

「――我《わ》が息子の素直で明るい妻に、乾杯しよう」

皇帝陛下が「乾杯」と言うと、皆も同じように続ける。

どうか、この先何も起こりませんようにと願いを込めながら、わたくしもグラスを掲げた。


食後は男女に分かれて、社交を行《おこな》う。

ダイヤモンド宮の談話室には、皇族の女性陣が集まっているらしい。

男子禁制のため、ローベルトは部屋の前で待機する。わたくしと一緒に談話室に行くのは、皇族で護衛のフロレンと、侍女エミリアだけだ。

「では、ローベルト。ここでいい子にしていてね」

「御意《ぎょい》に」

返事はキリッとしているけれど、彼はわたくしから目を逸《そ》らして返事をした。いい加減《かげん》わたくしに慣れてほしい。

彼は女性との接触をする機会を増やしたほうがいいのかもしれない。こうもモジモジされては、心配になる。その件をフロレンに耳打ちしたら、問題ないと首を横に振った。

「彼があああなるのは、ベルティーユ妃殿下だけですよ」

「それは、どうして？」

「あなた様に、心酔《しんすい》しているようです」

「まあ！」

ローベルトに対して特に何もしていないのに、どうしてそうなったのか。わからない。

「女性が弱点でないのであれば、別に構わないのだけれど」

「ええ、その点はご安心を」

談話室に入ると、一気に視線が集まる。十名ほどの着飾った女性が、わたくしを見つめていた。

今宵《こよい》は、エレンディール皇后との接見の前哨戦《ぜんしょうせん》か。

わたくしは、ヴォルヘルム様の妻であり、皇太子妃だ。皇家の女性の中では、皇后陛下の次に高い地位にいる。だから、舐《な》められるわけにはいかない。

手にしていた扇《おうぎ》を盾に、弧を描いた口元を剣とする。戦いが今、始まるのだ。

「ごきげんよう、皆様」

わたくしが座るのは、中心にある一人がけの椅子だ。

一番近くには、皇太后様の姪《めい》であるアロウジア様が座っている。御年四十五歳。

その隣は、アロウジア様の娘であるフリーデリーケ様に、ハイデマリー様。このお二人は、ヴォルヘルム様の結婚相手候補だったという話を聞いたことがある。

そのせいか、お三方は鋭《するど》い視線を向けてきた。わたくしのことを、ヴォルヘルム様を奪った女狐《めぎつね》とでも思っているのだろう。

他にいらっしゃるのは、アロウジア様のいとことその娘達が数名。彼女らは、特にわたくしに対して敵意を持っている様子はない。

……はてさて、どうしようか。

談話室の雰囲気は、ピリピリしている。一応、結婚式で挨拶《あいさつ》を交わしているので、自己紹介で時間稼《かせ》ぎはできない。

皆、わたくしがどんな風に出るのか、うかがうように見ている。ならば、先手を打たせてもらおう。

「皆様、わたくしの国は存じていて？」

「ええ、もちろんですわ、ベルティーユ妃殿下」

アロウジア様が、狐のように目を細めて答える。

「高い野山に囲まれていて、イノシシが王宮に乱入したという話をうかがいましたわ。大層のんびりしていて、穏やかな国なのでしょう？」

アロウジア様の目がキラリと光った。もちろん、これは言葉通りの意味ではない。遠回しに、田舎《いなか》であることと、警備体制の不備を指摘しているのだろう。

しかし、イノシシが王宮に乱入したのは、五百年も前である。

「それにベルティーユ妃殿下の国は、古めかしい伝統を、いつまでも、いつまでも大事にしているそうですね」

アロウジア様は続けて斬《き》り込んでくる。よほど、わたくしのことが気に食わないようだ。

「アロウジア様、わたくしの国のことをたくさん知っていただけて、とても嬉しいわ」

にっこりと笑顔を返すと、彼女も同じように微笑んでくれた。ただし、心からの笑みではないことは確かだ。

「エミリア、例のものを」

そう声をかけると、エミリアは手に持っていた籠《かご》から葡萄酒《ぶどうしゅ》を取り出した。

「お近づきの印に、故郷の赤葡萄酒《あかぶどうしゅ》を飲んでいただけますか？　伝統技術を駆使して作っているものなのですよ」

マールデール王国の豊かな自然と穏やかな風が育てた、極上の赤葡萄酒《あかぶどうしゅ》である。

あまりにも美味《おい》しいので、国内で消費され尽くしてしまうほど人気の、とっておきのお酒だ。わたくしの母の大好物でもある。

「フロレン、皆様に注《つ》いで差し上げて？」

「はっ」

彼女こそが、わたくしの切り札だ。

フロレンは慣れた手つきでグラスに赤葡萄酒《あかぶどうしゅ》を注《つ》ぎ、まずはアロウジア様に差し出す。さすがフロレン、にっこりと笑みを浮かべることも忘れない。

「アロウジア様、どうぞ」

「あ、ありがとう」

先ほどまでツンツンしていたアロウジア様が、少女のように頬を染めた。

さすが、ロイゼン皇家最強の麗人。その笑顔の破壊力は抜群だ。そして、わたくしの最終兵器である赤葡萄酒《あかぶどうしゅ》も、同様である。

「あら、これは――」

アロウジア様は一口飲むと、驚いた顔でワイングラスを見つめた。

マールデール王国自慢の赤葡萄酒《あかぶどうしゅ》『ガーネットの雫《しずく》』は、豊かな香りと芳醇《ほうじゅん》な味わいがあり、青味がかった赤色をしているところが特徴だ。しっかり熟成された逸品《いっぴん》である。

「アロウジア様、いかがですか？」

「こんなに美味《おい》しい赤葡萄酒《あかぶどうしゅ》は、初めてですわ」

――勝った。

美味《おい》しいワインに、美しい給仕。この二つが揃えば、女性を陥落《かんらく》させるのはたやすい。

事実、酒が入った彼女らに、わたくしへの敵意はなくなっていた。おもてなしは、お気に召していただけたようである。

これは、母が教えてくれた社交の手段だった。まさか、さっそく役立つとは……

それから、酒の力で口が軽くなったアロウジア様より、さまざまな情報を引き出した。

まず、彼女らは、エレンディール皇后側の人間ではなかった。時と場合によって、さまざまな組織を支持しているらしく、今は教会側に加担しているようだ。

「教会にたくさん寄付すると、フォルクマー神官の告解の招待状が届きますのよ」

告解というのは、互いに姿の見えない個室で自《みずか》らの罪を告白し、神官に許しをもらう儀式である。

この儀式そのものは、信者であれば誰でも受けることができるらしい。

しかし多忙なフォルクマーが告解を行《おこな》うことは珍しく、ただの信者では受けられない。

そんな中、教会に多額の寄付をした者にのみ、フォルクマー主催の告解の招待状が届くようになり、いつになく寄付が集まっているそうだ。

「あの美声を聞くだけで、わたくしは、天にも昇《のぼ》るような気持ちになるのです」

酒が入っているからか、アロウジア様はかなり赤裸々《せきらら》に語ってくれる。

教会の運用資金稼《かせ》ぎのためなのだろうが、そんなことを思いつくフォルクマーは、自分の声の人気を理解しているに違いない。

それにしても、神を信仰しない自由気ままな神官は初めてだ。教会側は、彼をどう思っているのだろう。

「あの、フォルクマーという神官は、少々個性的なように感じますが……。教会では、どのような立ち位置でいらっしゃるの？」

「フォルクマー神官は、伝統あるコール家の生まれです。寄付金も多く集めていらっしゃるので、教会側からの信頼も厚い、というお話ですわ」

「そ、そうですの……」

成果を出している分、自由気ままな行動が許されているようだ。それでいいのか、教会。

アロウジア様からは大方話を聞いたので、他の方にも声をかけてみる。

次のターゲットは、ドログバ伯爵令嬢のデイジー様だ。

「あなたは、どこを支持なさっているの？」

「わたくしは、バルトルト様をお助けしているわ」

あの無愛想な文官にも、支持者がいるとは。見返りは、ヴォルヘルム様が幼少期に住んでいたコーラル宮にある、彼の第四執務室の見学らしい。

ヴォルヘルム様の執務室はいくつもあり、その使用頻度はまちまちだという。

「バルトルト様が案内してくださったのよ」

彼は意外と、丁寧な仕事をするらしい。あまり立ち寄らないであろう第四執務室を選ぶあたり、バルトルトは慎重《しんちょう》な人物なのだろう。

「わたくしは、騎士隊を支持しているわ」

そう言ったのは、アロウジア様のいとこであるゲルダ様。

「ね、フロレン様」

「はい、いつもありがとうございます」

騎士隊もまた、個人の寄付を受けつけているそうだ。

「最近、素敵な騎士様が入られて、追加で寄付してしまいました」

「わたくしも」

他の方々も、次々と騎士隊を支持する旨《むね》を表明する。どうやら、一番人気らしい。

素敵な騎士様とは、ローベルトのことだった。赤面騎士は、存在するだけで経済を動かしているそうだ。

そこでアロウジア様が、怪《あや》しげに口を開く。

「でも、驚きましたわ。彼は突然やってきて、皇太子妃付きの騎士隊副隊長に抜擢《ばってき》されたでしょう。どのようなご縁でしたの？」

「彼は長年、皇太后様にお仕《つか》えしていた実績があるので、即戦力として選ばれたそうです。フロレンの実家とも懇意にしていて、信頼を置ける人物と認められたと聞いています」

わたくしは記憶をたどって答える。

「そうでしたの」

それ以上追及されなかったので、ひとまずホッとした。満足のいく返事ができなければ、叩かれてしまうだろう。ちょっとしたことが、命取りになるのだ。

わたくしは騎士隊の寄付について話に戻す。

「ゲルダ様。騎士隊を支持すると、何かいいことがあるの？」

「先月は、胡桃《くるみ》のケーキが届きました」

「へ？」

もしや、騎士達がお菓子作りをしているのか？　筋骨隆々《きんこつりゅうりゅう》な騎士達がエプロンをつけ、せっせとケーキを焼くなんて、想像できない。

わたくしの表情から思考を察したのか、フロレンが口を開いた。

「ベルティーユ妃殿下、ケーキは騎士が作ったものではありません」

「そうなの？」

フロレンが説明してくれる。

「騎士が訓練で割った胡桃《くるみ》を使った、ケーキなのです」

――なんだそれは。そう口に出してしまいそうになったが、なんとか呑み込んだ。

なんでも騎士達は、腕力を鍛《きた》えるために素手で胡桃《くるみ》割りをしているらしい。その胡桃《くるみ》を使ったケーキを、支援者に配っているのだとか。

それにしても、彼女らの支援は、勢力を支える大きな力となっているようだ。

わたくしも、サロンを開いて支援者を募《つの》ろう。一人でも多くの味方が必要となるだろう。

「ベルティーユ妃殿下は、どこの支持をなさるの？」

酒が入っているからか、アロウジア様は容赦なく尋ねてきた。

皇帝派、皇太子・騎士隊派、教会派、クリスティアン様派——

自分の立場を表明すれば、翌日には噂話が広がるかもしれない。

わたくしはヴォルヘルム様の妻だから、皇太子派なのは言わずともわかるだろう。

しかし、それを明言したら、他勢力は即座にわたくしを敵視する。それだけは、避けたい。

今わたくしに必要なのは、ヴォルヘルム様を暗殺者達から守り、彼と共に表舞台に立つという目標を支えてくれる大きな後ろ盾だ。

そこで、あることを提案する。

「わたくし達は、わたくし達の陣営を作る、というのはどう？」

「ベルティーユ妃殿下、それは、他と敵対するということですの？」

「いいえ、そんなことはしないわ」

女性は社交界において、それぞれ好きな勢力を気まぐれに支援している。それだけ、という現状を変えるのだ。

「ただ、貴族女性が集まり、権利を主張するところがあっても、いいと思うの」

これからの時代、女性だって守られるばかりではいけない。自分から攻めていかなければならないのだ。

「女性が一致団結して確かな実績を残したら、周囲から一目置かれると思わない？」

「具体的には、どのような活動を？」

「別に、特別なことはしなくてもいいわ。普段していることを、実績として記録するだけでいいのよ」

たとえば、貴族女性は慈善活動を行《おこな》っている。孤児院に寄付したり、病院を訪問したりというものだ。これらは、立派な実績となる。なんとなく、慈善活動はひけらかすものではないというイメージがあるが、どんどん『頑張った！』と言ってもいいのではないかと思う。

「他には――親善パーティーでの対応とか」

国内外の賓客《ひんかく》の家族をもてなすのも、貴族女性達の立派なお仕事だ。いつも、当たり前のように任されるけれど。

そういう細かなお仕事を認めさせることも、目的の一つである。

「活動資金集めは……そうね。騎士様や神官様、文官様をお招きして、皆様で作ったクッキーを売るとか」

皇太子妃《わたくし》が招待すれば、不参加というわけにはいかないだろう。もれなく、全員参加だ。

「アロウジア様、いかが？」

「まあ……そこそこ楽しそう、ですわね」

「でしょう？」

アロウジア様が興味を示してくれたので、他の方々も面白そうだと頷《うなず》いてくれた。

「女性が男性の意をくみ取って、さまざまなことをする時代は終わらせるの。これからは、向こうからお願いしますと言わせてみせるわ」

そんな目的を果たすことができれば、このサロンはわたくし自身を守る盾にもなるだろう。

守られているばかりではダメなのだ。自分から、大きな一歩を踏み出さなければ。

「サロンの名前は……『竜貴婦人の会』というのはどうかしら？」

「ええ。強そうで、素敵ですわ」

女性の独立と権利を主張する会が、今この瞬間に発足された。

とりあえず、窓口係をアロウジア様にお願いし、本日はお開きになった。


……やっとのことで、一日が終わる。

サファイア宮の自室に戻ったわたくしは、長椅子に座って脱力した。

「ベルティーユ妃殿下、お疲れ様でした」

「フロレン、あなたもご苦労様。疲れたでしょう？」

「いえ、私は大丈夫です」

大きな失敗もなく、無難に役目を果たすことができただろう。

「それにしても、竜貴婦人の会の件があんなに上手に進むとは、驚きました。まさか、あの気難しいアロウジア様を、味方に引き入れることができるなんて」

「フロレン、あなたのおかげよ」

「そう、でしょうか？」

「そうよ」

フロレンが給仕をしてくれたおかげで、アロウジア様の頑《かたく》なな心を溶かすことができたのだ。

他の人では、拒まれていた可能性がある。

「あなたは護衛なのに、それ以外の仕事を頼んでしまって、心苦しく思うのだけれど」

「どうか、お気になさらないでください。私にできることがあれば、なんなりとご命令を」

「ありがとう。いつも助かっているわ」

「もったいないお言葉です」

「今日はもう休んで」

フロレンは一礼すると、キビキビとした動きで部屋を去った。

彼女と入れ代わりに、シトラスミントの精油入りの蝋燭《ろうそく》が届けられる。ヴォルヘルム様のお気に入りの逸品《いっぴん》らしい。火をつけると、清涼感のある香りが漂《ただよ》ってくる。

ぼんやりと灯《とも》る火は、優しい色合いの赤。香りを吸い込むと、心が安らぐ。

そういえば、子どもの頃のヴォルヘルム様も、爽《さわ》やかな香りを纏《まと》っていたような――

なんだか、とても懐《なつ》かしい気持ちになる。ヴォルヘルム様の香りと共に、この日は眠った。

挿話　フロレンの活動報告　その二

ベルティーユ妃殿下と別れたあと、私はまっすぐにルビー宮の隠し部屋に向かった。

今日も今日とて、ヴォルヘルム殿下に一日の報告をしなければならない。

「――ヴォルヘルム殿下、フロレン・フォン・レプシウスです」

「入れ」

殿下の声色は、いつもより明るい。今日はベルティーユ妃殿下に会えたからだろう。

隠し部屋に入ると、椅子に腰かけるヴォルヘルム殿下は、その予想通り上機嫌に見えた。

「フロレン、今日もご苦労だったね」

「もったいないお言葉です」

このように労《ねぎら》ってもらうことなど、今まで数えるほどしかなかった。それだけ、今日はヴォルヘルム殿下にとって特別な一日だったのだろう。

「それで、ベルティーユは疑っていなかっただろうね？」

「はい、まったく」

今日、ヴォルヘルム殿下は変装した姿で、ベルティーユ妃殿下と会った上に会話を交わした。

ヴォルヘルム殿下の変装は完璧である。ベルティーユ妃殿下は、目の前の人物が夫だとは思っていなかったようだ。

『殿下の変装がバレる心配はないかと』

「ではベルティーユが、私なのではないかと疑ったのは、フロレンだけだと」

「ええ……まあ」

ローベルトをヴォルヘルム殿下ではないかと尋ねてきたのは、当てずっぽうな感じだったので、カウントしなくてもいいだろう。

「ベルティーユ妃殿下は、お気づきになっておりません」

そう答えると、ヴォルヘルム殿下は途端に面白くなさそうな表情を浮かべる。

「お前を、ベルティーユのそば付きにしなければよかったよ。今日見かけた時も、ベルティーユはお前にだけ微笑みかけていたね……」

ヴォルヘルム殿下はベルティーユ妃殿下のことになると、驚くほど嫉妬《しっと》深くなる。

「いや、なんでもない。今のは、聞かなかったことにしてほしい」

しかし、我に返るのも早い。一瞬のうちに、私をベルティーユ妃殿下のそばに置かないことの危険性に気づいたのだろう。

「今日は、ベルティーユに出会えた嬉しさで、出しゃばってしまったかもしれない。これからは、自重《じちょう》しなければ」

「ですね。ベルティーユ妃殿下は、勘が鋭《するど》いような気がします。接触を重ねると正体がバレるかもしれません」

ベルティーユ妃殿下は一見、箱入りの姫君だ。しかし、危《あや》うい社交界の付き合いを、すんなり渡ってみせた。

それは偶然でもなんでもない。状況を把握し、よく考えた上での行動だった。

「一点、ご報告が」

「なんだ？」

「ベルティーユ妃殿下が、個人サロンを開かれるそうです」

ベルティーユ妃殿下主催の『竜貴婦人の会』について、概要を伝えておく。

「――というわけで、ベルティーユ妃殿下は現存する派閥には属さず、自《みずか》ら作った勢力に属すると」

「なるほど。それは、いい考えかもしれない」

各陣営、諍《いさか》いに関係ない女性や子どもは巻き込まないことを、暗黙の了解としている。

女性達の中心にいたら、ベルティーユ妃殿下に危険が及ぶ確率はぐっと低くなるだろう。

「ベルティーユ妃殿下は、本当に賢くていらっしゃる」

「当たり前だろう。私の妻なのだから」

こうしてヴォルヘルム殿下は上機嫌のまま、私に退室を命じた。

一刻も早く、ヴォルヘルム殿下がベルティーユ妃殿下の隣に立てるよう、敵の尻尾を掴まなければならない。

今が、踏ん張りどころだろう。

第三章　敵、味方の見極め方

翌日も、ヴォルヘルム様からお手紙が届いた。

可愛いベルティーユへ
昨日はお疲れ様。フロレンから、話を聞いたよ。

宮廷にはさまざまな人が出入りする。だから、あまり気を許してはいけないよ。

一日中、サファイア宮でのんびり過ごしてほしいけれど、君の立場はそれを許してはくれないだろう。本当に、申し訳なく思っている。

しかし、ベルティーユだからこそ、乗り越えることができると、信じているよ。

一刻も早く、君と共に過ごせるよう、最大限努力しているつもりだ。

あと少し、どうにか耐えてほしい。

愛を込めて　ヴォルヘルム

涙が出そうになった。ヴォルヘルム様が一番大変な状況なのに、わたくしの身を案じてくれるなんて。

しかも、お手紙には愛がこもっている。

「はあ、胸が締めつけられて、息が苦しい！」

そう言うと、そばにいたフロレンが身構えた。

「ベルティーユ妃殿下、いかがなされましたか⁉」

「比喩《ひゆ》よ、比喩《ひゆ》」

このフロレンとのやりとり、昨日も似たようなことをしたような。

……気のせいかしら？


今日も今日とて、スケジュールがびっしりである。

午前中は、皇帝陛下と共に謁見《えっけん》の職務につく。謁見《えっけん》の間《ま》は赤絨毯《あかじゅうたん》が敷かれ、階段の上に金細工が嵌《は》められた豪華な玉座《ぎょくざ》がある。

皇帝陛下の玉座《ぎょくざ》の隣に、皇后と皇太子の立派な椅子が並んでいる。その隣に、クリスティアン様をはじめとする皇族用の椅子もあるが——皇太子であるヴォルヘルム様がいないのはもちろんのこと、エレンディール皇后、クリスティアン様、その他皇族の皆様は欠席。今日の参座は、皇帝陛下と皇太子妃であるわたくしだけだ。

なんだろうか、このまとまりのない家族は。

そんなことを考えているうちに、謁見《えっけん》が始まる。

皇帝陛下との謁見《えっけん》が許されるのは、物申したい大臣や貴族、抽選で選ばれた市民などだ。

ここでは話を聞くだけで、回答はまた後日に言い渡されるらしい。

シトリンデール帝国が抱える問題は、多岐にわたる。

一番大きなものは大臣の一人から上がった、税金問題だろう。なんでも、お金がなくて税金を払えない人が続出しているそうだ。

話を聞いている間、皇帝陛下は顔をしかめていた。頭が痛い問題だろう。

小さなものは、貴族の子息らしい男の子が子猫を連れてきて、名前が思いつかないということだった。

「ベルティーユよ、猫に名を授《さず》けてやれ」

皇帝陛下にそう振られ、わたくしは改めて男の子を見る。

「は、はあ」

抱かれているのは白い子猫で、「みゃあ」と呑気に鳴いた。

「では――ミネット、はどうかしら?」

「い、いいと思います」

男の子がそう頷《うなず》いてくれたので、ひとまずホッとした。

これにて、謁《えっ》見《けん》の時間は終了。安《あん》堵《ど》と疲労感が、同時に押し寄せた。

午後になると、わたくしの個人サロン『竜貴婦人の会』の入会申込が殺到した。なんと、五十人も集まっている。

アロウジア様の取り巻きがほとんどだろうけれど、嬉しい限りだ。

さっそく、お茶会の日程を決めなければならない。

「フロレン。半月以内で、大規模なお茶会ができる日はあるかしら？」

「そうですね……」

これだけの人数を招待するのは、一苦労だ。準備にもかなり時間がかかる。けれど、結束を固めるため、早めに開催したい。

「半月以内は、難しいかもしれないですね。あと、サファイア宮でお茶会を開催するのは難しいかと」

サファイア宮でのお茶会が難しいのは、防犯上の関係らしい。

たしかに、サファイア宮の内部構造は、他人にあまり知られないほうがいい。

「だったら、バルトルトに会場を見繕《みつくろ》ってもらいましょう」

「え？」

「あの御方、ヴォルヘルム様が管理されている離宮について、よく存じなのでしょう？　その中の、あまり使っていない一部屋を借りるくらい、なんてことないと思うの」

「ま、まあ、それもそうですが」

「突然行ったら、迷惑かしら？」

「いえ、そういうことは、気にしなくてもいいかと」

「そうよね」

善は急げ、だ。わたくしは身支度を整え、すぐさまバルトルトのいるルビー宮へ移動した。

急に訪問したわたくしを、バルトルトは至極迷惑といった雰囲気で迎えた。主人の奥方が来たというのに、執務机に座って書類を見つめたまま「何をしにここへ？」と尋ねてきたのだ。

「わたくし、あなたにお願いがあって来たの」

その言葉に、バルトルトはため息をついた。昨日同様、不遜《ふそん》な態度である。

もしもわたくしが暴君であれば、彼の首を飛ばしているだろう。

「今度、五十名ほど招いてお茶会をしたいのだけれど、よい会場を見繕《みつくろ》っていただける？　人数はもっと増える可能性があるので、広めの会場だと嬉しいわ」

「なぜ、そのような規模の茶会を？」

「新しく、サロンを作ったのよ」

「国民から摂取した税金を、さっそく無駄遣いすると？　ただでさえ、皇室の維持費が高いと槍玉《やりだま》に上げられているというのに」

「まあ！」

驚いた。帝国では、徴収した税金から皇室の活動費を出しているらしい。

「わたくしの国では、王族は自分達で生活費を稼《かせ》ぐのよ」

「それは興味深い。たとえば、どのようにして調達を？」

主な収入源は、避暑に使っている宮廷だ。滞在していない期間に一般公開して、世界各国から観光客を集めている。それから、王族の絵が描かれた品を販売したり、領地を住宅街にして貸し出したりしている。

何百年も前から、このように、資金を調達してきたのだ。

「サロンの活動費は、自分達で調達するつもりよ」

「どうやって？」

「クッキーを作って、皆様にお声掛けするの」

値段はこちらで定《さだ》めず、お手に取っていただく方に決めていただく。

「わたくしが一生懸命お願いしたら、きっとみなさんたくさん支援してくださるはず」

「それは、非常にあざとい」

バルトルトは白い目を向けてくる。皇太子妃のお願いを断れる者などほとんどいないので、彼がそう言うのももっともだ。

「でも、そうでもしなければ、資金なんて集まらないわ」

世の中、綺麗ごとばかりでは回らない。

腹を括《くく》り、『やると言ったら徹底的にやる』を信条に、実行しなければならないのだ。

「戦略は悪くない。しかし最初から大人数を招待するのは、悪目立ちする」

「ああ、そうね。あなたの言う通りだわ」

まずは、各グループの代表格を招いて、小さな規模で打ち合わせをしたほうがいいのかもしれない。いきなり大きなサロンを作ったら、エレンディール皇后に目をつけられる危険性もある。

「バルトルト、ありがとう。あなたのおかげで、危機を回避したわ」

そう言うと、バルトルトは面食らったようにわたくしを見た。

「どうかして？」

「いや、私の意見を素直に聞き入れるとは、思わなくて」

「わたくしは自分が未熟であると自覚しているわ。みなさんから寄せられたご意見は、即座に取り入れることを信条にしているの」

「それは、すごい」

突然の賛辞に、わたくしは首を横に振る。

「すごくないわ。言われたことを、そのまま実行するだけだもの」

「そういうことは、プライドが邪魔をして、あまりできないものだ」

「そうなのね。でも、そういう人は最終的に損をしていると思うわ」

すると、バルトルトは驚いた顔になった。

「どうかしたの？」

「いや、その通りだと思ったから……」

そんな話はさておき、茶会の会場をお借りしたいのだ。わたくしは話を戻す。

「最初から大人数を呼ぶのはやめにして、十名程度を呼ぶことにするわ。そのくらいなら、空《あ》いているところがあるでしょう？」

「だったら、コーラル宮の客間を使うといい」

「コーラル宮は、ヴォルヘルム様が幼少期に育った離宮ね」

コーラル宮の庭には、春と秋に美しい薔薇《ばら》が咲くとヴォルヘルム様から聞いたことがある。もしかしたら、客間の窓から薔薇《ばら》庭園が見えるかもしれない。楽しみだ。

「あそこは今、貴賓《きひん》用の離宮として使われているが、この先二カ月は予定が入っていない。好きなように使うといい。予定が決まったら、連絡をくれ。手筈《てはず》を整えよう」

「ええ、よろしくね」

わたくしが笑いかけると、バルトルトはため息をついた。相変わらず失礼な人である。しかし彼のおかげで助かった。

「あ、そうだわ。お願いを聞いてくれたお礼に、何かお仕事を手伝いましょうか？」

「は？」

「だってあなた、目の下のくまが酷いわ。一人で仕事を抱え込んでいるのではないの？」

「別に、そういうわけでは……」

「ねえ、一緒に頑張ったら、すぐに終わるはずよ。今日はさっさと仕事を終わらせて、早く休んだらいいわ。私にも、何かお仕事をくれる？」

わたくしが近づいて手を差し出した瞬間、バルトルトがビクッと身を強張《こわば》らせた。

その拍子に、机の上にあったティーカップが床に落ちる。繊細《せんさい》な蔦《つた》模様の陶器が割れて、破片が飛び散った。

「まあ、大丈夫？」

「よ、寄るな！　フロレン・フォン・レプシウス。妃殿下を連れて帰れ」

バルトルトが声を荒らげるので、わたくしは目を丸くする。

フロレンは慌ててわたくしに駆け寄ると、バルトルトに頭を下げた。

「は、はい」

「お手伝いは？」

「不要だ！」

わたくしはフロレンに肩を抱かれ、部屋を辞することになった。

「ねえフロレン、わたくし、何か怒らせるようなことを言ったかしら？」

「あの御方は怒りっぽいだけなので、気にしないほうがいいですよ」

「そう？」

「気難しい御方で」

「ふうん」

でも、あんなに全力で拒絶することもないのに。

まあいいかと、彼のことは頭の隅に追いやった。


サファイア宮の自室に戻ると、とんでもないものが届いていた。

それを、エミリアが差し出してくれる。

「ベルティーユ妃殿下、エレンディール皇后陛下から、お手紙です」

「まあ、お義母様からお手紙をいただけるなんて……ウレシイ」

最後がなんだか棒読みになってしまったけれど、相手はエミリアだからよしとする。

伸ばした手が、震えていた。皇后陛下からのお手紙が宣戦布告のように見えて、恐ろしい。

「エミリア、フロレン。わたくしの、隣に座って」

二人共「え？」と目を丸くする。

「応援して。皇后陛下の手紙に負けないように」

そう頼むと、二人はわたくしを挟むように座ってくれた。

息を大きく吸い込んで——吐く。勇気を振り絞《しぼ》り、手紙の封を開けた。

手紙には、体調不良で結婚式や披露宴《ひろうえん》、晩餐会《ばんさんかい》に行けなかったことへの謝罪がつづられている。

それから、クリスティアン様が病弱であると書かれていた。

「クリスティアン様は、病弱なのね」

「ええ。今までも、公式行事にはほとんど顔を出されておりません」

「別に、長く生きることができないわけでは、ないのよね？」

「はい。単に、体が弱くて臥《ふ》せりがちなだけだと聞いております」

エレンディール皇后は、ヴォルヘルム様のお母様を亡き者にしたという疑いがある。息子であるクリスティアン様を皇太子にしたいと考えているのなら、皇后が裏で色々と手を回しているのかもしれない。この点は、完全に想像の世界だけれど。

「ベルティーユ妃殿下、手紙の内容はそれだけですか？」

「いいえ。二枚目があるわ」

二枚目には、困ったことがあれば相談してほしいと書かれていた。そしてなんと、ガーデンパーティーへのお誘いの言葉も。

「なんだ。別に、大した内容では——ガーデンパーティーですって⁉」

開催は一週間後。エレンディール皇后の離宮、ラピスラズリ宮の庭で行《おこな》うとのことだ。

「いきなり、敵陣に招待されるなんて……！」

しかもこれは、一人で乗り込まなければならない。

「わたくしに応戦できるかしら……あら？」

下のほうに、『パートナー同伴で』とある。しかしヴォルヘルム様は当然行けない。

「ってことは、フロレンを連れて行けばいいのかしら？」

「ベルティーユ妃殿下、パートナーは男性限定ですよ」

「そうだったわね」

フロレンとエミリアの二人は、お供として同行してくれるという。問題は、パートナーである。

「では、ローベルトを連れて行ってはどうでしょう？」

そう提案してくれたのはフロレンだ。ローベルトは赤面騎士だけれど、わたくしの護衛なので妥当なところだろう。

「そうね。彼しかいないような気がするわ」

「私から言っておきますので」

「部屋の外にいるのでしょう？　わたくしが直接お願いするわ。エミリア、ローベルトを呼んできてちょうだい」

「かしこまりました」

エミリアはすぐさま廊下に向かう。しかし、なかなか戻ってこない。

数分後、エミリアはローベルトを連れずに戻ってきた。

「ベルティーユ妃殿下、ローベルト卿は妃殿下の部屋には入れないとおっしゃっています。なんでも、女性の部屋に入ることは禁じられているとかで……」

「まあ！」

さすがローベルト。頭がカタい。

その時、わたくしの胸にムクムクと意地の悪い気持ちが膨《ふく》らんだ。

「フロレン、力ずくでも連れてきなさい」

「大の男なので、できるかわかりませんが」

「引きずってでも構わないわ。絶対に連れてくるのよ」

「御意《ぎょい》」

五分後――ローベルトはフロレンに引きずられた状態で、わたくしの前にやって来た。

彼はこちらを見ようともせずに、流れるような動作で片膝をつく。

長椅子に座るわたくしは、ローベルトのつむじを見下ろした。

「ローベルト・フォン・ハイデルダッハ。なぜ、わたくしの命令に従《したが》わないの？」

「ご婦人の部屋に入ることは、禁じられておりますゆえに」

「主人がいいと言っているのだから、命令を聞くべきよ」

まったく、なんて反抗的な騎士なのか。フロレンも困った表情でローベルトを見ている。

未婚の男女が二人きりになってはいけない、というしきたりは存在する。けれど、今の時代ではほとんど風化した、古いしきたりだ。

その上、わたくしは既婚で、部屋にはフロレンとエミリアがいる。それなのに入れないとは、なんてお堅い人なのか。古代から時空を越えてきた騎士なのかもしれない。

赤面騎士ではなく、古代騎士と呼ぶべきか。

ローベルトは石像のように動こうとしない。人の話を聞く態度には見えなかった。

「ねえ、ローベルト」

頑《かたく》なローベルトの足先を、わたくしはコツンと軽く蹴った。

すると彼は、驚いたように顔を上げる。

それと同時に、今までの中で一番の赤面を見せてくれた。こんなに顔を真っ赤にさせる人は、見たことがない。

「――ふっ！」

その表情が可愛くって、思わず笑ってしまった。

ローベルトはなぜ笑われたのかと、不思議そうに首を傾《かし》げる。

少しやりすぎたかもしれない。わたくしは反省して、目を伏せた。

「ごめんなさい。下がっていいわ」

「用が、あるのでは？」

「フロレンから聞いてくれる？」

「わかりました」

ローベルトは回れ右をし、キビキビと歩いて部屋を出ていった。

フロレンは彼と共に退室したが、しばらくして戻ってくる。ガーデンパーティーのパートナーの話をしてくれたという。

「それで、ローベルトはなんて言っていたの？」

「仰《おお》せの通りに、と」

「よかった。笑ってしまったから、断られるかもって心配だったの」

「それは、ないですよ。今回の件が特殊だっただけで」

「もう、二度としないわ」

なんとなく、気になる女の子をからかう男の子の気持ちが、わかったような気がする。

けれどこれは、恋や愛とは違う……なんて言えばいいのか。愛着に近いかもしれない。

とはいえ、やりすぎ注意だ。わたくしはもう、一人前の淑女《しゅくじょ》で、人妻なのだから。

ローベルトで遊ぶのはほどほどにしておこう。そう、心に決めた。

夕方からは大聖堂で、洗礼執行の儀式を見届ける。

洗礼執行は一年に一度、神官になるために行《おこな》われる儀式だ。神官候補の頭に聖水を振りかけ、罪を洗い流すらしい。

皇族が一名、見届けなければならないようで、わたくしが任されたのだ。

わたくしは大聖堂の祭壇の前にある、一番いい位置の席に誘導された。

……もっと隅でいいのに。

向かい合うように座っている神官見習いから、キラキラとした視線を送られている。なんとも居心地が悪い。

その時、大聖堂の扉が閉められた。そろそろ、洗礼執行が始まるようだ。

パイプオルガンの厳《おごそ》かな演奏が流れだした。公務で疲れた体に染み入る、美しい旋律《せんりつ》である。

今ここで眠ることができたら、どれだけ幸せか……

「――ベルティーユ妃殿下、こんなところで会えるなんて、運命ですね」

突然、背後から囁《ささや》きが聞こえた。咄嗟《とっさ》に振り向くと、そこにいたのは正装姿のフォルクマー！

背後から気配なく近づかれていたことに、全く気がつかなかった。思わずぶるりと震えてしまう。心臓に悪い男だ。

「……ごきげんよう。フォルクマー・フォン・コール」

「ああ、名前を覚えてくださっていたなんて」

「紹介された人は、もれなく全員覚えているわ」

フォルクマーだけが特別ではない。

そう釘《くぎ》を刺したけれど、あまり聞いているようには見えない。

「そういえば、今日は正装なのね」

「ええ。一年に一度の神聖な儀式ですから」

先日会った時は黒を基調とした神官服だったけれど、今日は全身真っ白の神官服を纏《まと》っている。

まじまじと見ていたら、フォルクマーはわたくしの前に回り、片膝をついた。突然の行動にぎょっとしたが、あとからやってきた神官も同じ姿勢を取る。

これは、皇族に敬意を示す行為で、フォルクマーの個人的な信仰とかそういう意味はないようだ。

ホッと胸を撫《な》で下ろしたが、その直後、立ち上がったフォルクマーが再びわたくしに接近して囁《ささや》く。

「ステンドグラスの光を浴びたあなたは、美しいだけでなく神々《こうごう》しい」

フォルクマー自慢の美声に——わたくしは全身鳥肌が立った。

こういうのは、好きな人に言われたらぽ～っとなるけれど、フォルクマーに言われるのは嫌だ。

無視するのもアレなので、引きつった微笑みを返す。

そんなおざなりな対応でも、フォルクマーは嬉しそうに目を細めた。

それにしても、媚《こび》全開な態度が気になる。最初に出会った時は、わたくしに鋭《するど》い視線を向けてきたのに。

まさか、彼もヴォルヘルム様の命を狙う者ではないか。そんな疑念さえ、浮かんできた。

念のため、彼には常に警戒しておかなければ。

そんなわたくしをよそに、フォルクマーは嬉しそうに話を続ける。

「今日のこの儀式はとても憂鬱《ゆううつ》だったのですが、あなたがいらっしゃると聞いて楽しみに変わりました」

話を聞けば聞くほど、うさんくさい。しかし、今は儀式を見届けることに集中しなくては。

しばらくして、洗礼執行が始まった。フォルクマーが祝福を詠《よ》み、もう一人の神官が見習い神官に聖水を振りかける。

見習い神官は列をなし、自分の出番を今か今かと待ちわびている。人数は、ざっと見た限りでも百名以上いるだろう。一年に一回とはいえ、大変な仕事だ。

しかし、見ているだけというのもなかなか大変。慣れてくると、再び眠気が襲ってくる。

しっかりしろと、自《みずか》らを奮《ふる》い立たせる。

だが、しかし——

「……っ、あ」

一瞬、眠ってしまった。体が傾いた瞬間、フロレンが私の肩を支えてくれる。そして耳元で囁《ささや》いてきた。

「ベルティーユ妃殿下、大丈夫ですか？」

「へ、平気よ」

「具合が悪いのであれば、私が役目を交代しますが」

フロレンはヴォルヘルム様のいとこで皇族なので、彼女にもこの役目を任せられる。

しかしわたくしは具合が悪いわけではない。単に眠いだけだ。

同じ動作の繰り返しを延々と見続けるというのは、なかなか辛い。しかし、儀式とはそういうものなのだ。

フロレンがあまりにも心配するので、本当のことを告げた。

「ごめんなさい。ちょっと眠いだけなの」

「さようでございましたか」

その時、フォルクマーと目が合った。彼はじっとりとした生ぬるい目つきで、微笑みを浮かべている。それはまるで獲物を見つけた蛇のようだ。

「でも――今、目が覚めたわ」

ゾッとして、眠気もどこかへ吹っ飛んでしまった。

彼はわたくしを女神だと言ったが、神をあのような目で見ることは冒涜《ぼうとく》だろう。なんていやらしい。

彼の目的は何なのだろうか。わたくしからヴォルヘルム様の情報を探ろうとしているのかもしれない。

今はただ、警戒を強める他なかった。

三時間ほどで、洗礼執行は終了となった。わたくしには最後に、大きな仕事がある。神官になった者達へ、祝福の言葉を贈らなければならない。

祭壇の前に立つと、皆の視線が一気に集まった。

初めてのことではないが、やはり緊張する。両手で胸を押さえ、呼吸を整えた。祝福の言葉は決まっている。それを言うだけだ。

「――皆様の未来が、光あるものでありますように」

ワッと、拍手と歓声が巻き起こる。なんとか、噛まずに言えた。ホッと胸を撫《な》で下ろす。

それから護衛騎士の誘導で、大聖堂をあとにした。

「ふわぁ～～」

馬車に乗り込んだ途端、欠伸《あくび》が出る。扇《おうぎ》で隠したが、声は漏れてしまった。

「ベルティーユ妃殿下、お疲れが出ているみたいですね」

フロレンがそう気遣ってくれる。

「まあ、そうね」

結婚式から今日まで、怒涛《どとう》のスケジュールだったから、仕方がない。

馬車で待機していたエミリアも、心配そうにわたくしを見ている。

「明日からは、ゆっくりできますので」

「ええ」

ガタゴトと規則的に揺れる馬車に、眠気を誘われる。またしても、欠伸《あくび》が出てしまった。

すると、エミリアが申し出てくれる。

「ベルティーユ妃殿下、少しお時間がありますので、膝をお貸ししましょうか？」

「あらエミリア、いいの？」

「はい、どうぞ」

「ありがとう」

限界だったので、お言葉に甘えることにする。座席に横たわり、目を閉じると、すぐに意識は飛んでしまった。


「――はっ⁉」

次に目が覚めたら、エミリアの膝の上ではなく、ふかふかの布団の上にいた。

ここは――サファイア宮の寝室だ。いつ、たどり着いたのか。まったく記憶がない。先ほどまで明るかったのに、陽が落ちてすっかり夜になっている。

しかも、きっちり結んでいた髪が解《ほど》いてある上に、ドレスの代わりに寝間《ねま》着《き》を着ていた。化粧も綺麗に落とされている。いつの間に……

枕元にあった鈴を鳴らすと、すぐにエミリアが来てくれた。

「ベルティーユ妃殿下、ここに」

「エミリア、わたくし、馬車に乗ったあとの記憶がないのだけれど」

最後に覚えているのは、エミリアに膝を借りて横になったことまでだ。

「フロレン様が、ベルティーユ妃殿下をここまで運んでくださりました」

「え⁉」

フロレンは騎士とはいえ女性だ。ドレス姿のわたくしはかなり重かっただろう。それなのに、二階にある寝室まで運んでくれたなんて……

「も、もしかして、服まで脱がせてくれたとか？」

「いえ、身支度を整えたのは私です」

「そうよね」

やはり、フロレンがヴォルヘルム様なのではないのか。初対面の時は確かに女性だったが、それ以外の時にヴォルヘルム様と入れ代わっているということは、ありえそうだ。

「ねぇ、エミリア。あなたは誰がヴォルヘルム様だと思う？」

「そうですね……なんだか、全員怪《あや》しく思えるのですよ」

エミリアが特に怪《あや》しいと思っているのは、バルトルト、フォルクマー、ローベルトの三人らしい。

「フロレンは入っていないの？」

「フロレン様は、れっきとした女性ですよ。腰の位置を見たらわかります」

「腰の位置？」

「女性は骨盤の作りの関係で、男性よりも腰の位置が高いのですよ。同じ身長の男女が並ぶと、わかりやすいです。ウエストもきゅっと細くなっていますしね」

なるほど。エミリアは普段から服の採寸をしたり、着替えを手伝ったりするので、シルエットから男女の差を見分けることができるようだ。

「うーん、フロレンが一番ヴォルヘルム様っぽいんだけれど」

「昔、影武者を務めていたようですし、無理もないかと」

確かに、フロレンを除いたらあの三人も怪《あや》しい。

『バルトルトは……頑固なところがヴォルヘルム様と似ている気がするわ』

わたくしが結婚したいと言っても、なかなか受け入れてくれなかった感じと重なる。

「ローベルトは、照れ屋なところが似ているような」

結婚してと初めて言った時、ヴォルヘルム様は顔を真っ赤にさせていた。その姿が、照れたローベルトと似ている。

「でも……フォルクマーは、ないわ。絶対にない！」

あの変態神官とヴォルヘルム様に、似ているところは欠片《かけら》もない。思い出して、ゾッとした。

「逆に、私はフォルクマー様がヴォルヘルム様だと思うのですが」

そう言ったエミリアに、思わず声を荒らげる。

「な、なんで!?」

「ベルティーユ妃殿下を見つめる視線が、一番熱っぽいと言いますか」

「やめて！　ヴォルヘルム様は、あんなにじめっとした視線でわたくしを見ないわ」

「そうでしょうか？」

「そ、そうに決まっているんだから！」

もしもフォルクマーがヴォルヘルム様だとしたら、どうすればいいのか。頭を抱えてしまう。

「しかし、正体がバレないように潜入しているということは、演技をしている可能性もありますよ」

「言われてみれば、そうね」

特にフォルクマーは、芝居がかった物言いが多い気がする。ローベルトの赤面や古典的な考えなどは、演技には見えない。バルトルトも、素《す》の人柄のように感じる。

「そういえば、フォルクマーは『神への信仰心はない』と言っていたわね……。彼がヴォルヘルム様なら、本当は神官ではないでしょう。わたくしに対するメッセージかしら？」

「ありえますね」

彼がヴォルヘルム様なのだろうか。すごく気になる。

「けれど、変装をして周囲の目を欺《あざむ》いているのだから、探るのはよくないわよね」

「ベルティーユ妃殿下が秘密を知っても、それを黙っていられるなら、構わないのでは？」

「そ、そうよね」

もしも、誰かがヴォルヘルム様であると確信が持てたら、それはとても嬉しいことだ。

「何か、二人だけの思い出とかあれば、それを話して様子を見るのはいかがですか？」

「二人だけの思い出……あ！」

一つ、思い出したことがあった。

「子供の頃、ヴォルヘルム様と木登りをしたことがあったんだけれど……」

ちょうど夕暮れ時で、わたくしは沈みゆく太陽をヴォルヘルム様にお見せしたのだ。

「ヴォルヘルム様は、『ルビーのようだ』って喜んでいたわ」

そしてさらに、思い出す。

「その数日後、今度は夜に木登りをしたの」

ヴォルヘルム様はどうしても見せたいものがあると言って、夜にわたくしを連れ出した。そこで彼が見せてくれたのは、美しい満月。

「サファイアのような、青みがかった綺麗な月だったわ」

その後、教育係や乳母《うば》に怒られたのは、言うまでもない。ヴォルヘルム様は自分のせいで怒られてしまったと、申し訳なさそうにしていた。

お転婆《てんば》だったわたくしにとっては、よくあることだったので気にしていなかったけれど。

「ルビーの太陽とサファイアの月は、わたくし達だけの宝物だわ」

ハッと今になって気づく。ヴォルヘルム様のルビー宮と、わたくしのサファイア宮は、二人の思い出をイメージして造られたのではないか。そういえば、離宮のあちらこちらに月の意匠《いしょう》がある。

「ヴォルヘルム様……」

ささやかな思い出をずっと忘れず、大事にしてくれていたなんて。これ以上、嬉しいことはないだろう。

「早く、会いたいわ」

同じ国にいるのに、離れ離れだなんて悲しい。しかし、ヴォルヘルム様を取り巻く問題が、わたくし達を引き裂いているのだ。

今は耐える時だろう。それに、わたくしがヴォルヘルム様の弱みにならないようにしなければならない。行動や発言に十分注意しようと、改めて誓ったのだ。

挿話　フロレンの活動報告　その三

——さかのぼること二時間前。私はベルティーユ妃殿下と侍女エミリアさんと共に、馬車に乗っていた。

ベルティーユ妃殿下は慣れない環境の中、毅然《きぜん》と振る舞われる。しかし、やはり疲れていらっしゃるのだろう。今は、エミリアさんの膝の上で、ぐっすりと眠っていた。

「エミリアさん、代わりましょうか？」

「いいえ、大丈夫ですよ」

馬車が大きく揺れても、ベルティーユ妃殿下は目を覚まさない。眠りは深いようだ。

エミリアさんの膝の上で眠る姿は、あどけない少女のように見える。しかし、彼女は大きな決意を持って、このシトリンデール帝国に嫁《とつ》いできた。

いつか表舞台で、ヴォルヘルム殿下と並んで立つことを目標としているそうだ。

困難に臆《おく》することのない、勇敢な女性だ。

ヴォルヘルム殿下も、彼女の存在なくしてここまで頑張ることはできなかっただろう。

ベルティーユ妃殿下とヴォルヘルム殿下の結婚は、突然発表された。小国とはいえ、経済的に恵まれているマールデール王国の姫君と皇太子の結婚は、敵対する者達にとって痛手に違いない。

いくらクリスティアン殿下派でも、ベルティーユ妃殿下を攻撃することはできない。

シトリンデール帝国で使っている天然燃料の七割は、マールデールから輸入しているものだからだ。しかも、ベルティーユ妃殿下との結婚が決まって以来、身内価格だと言ってずいぶんと安くしてもらっている。

他にも、鉱物や農作物、ワインなど、さまざまなものをマールデールから輸入している。

マールデールの産業が、帝国の経済を陰で支えているのだ。

もしも、ベルティーユ妃殿下が内乱に巻き込まれて命を落とすことがあれば、マールデールは取引をすべて停止させるだろう。その時、困るのは帝国側だ。

天然燃料の供給がなくなったら一ヵ月と経たずに街中が混乱状態になるに違いない。

それがわからないほど、クリスティアン殿下派も愚《おろ》かではないだろう。

しかし、状況は以前よりも危《あや》うい。ヴォルヘルム殿下が確固たる地位を築く前になんとかせねばと、敵陣営は焦っているようだ。

警戒を、強めなければならない。

それにしても、新婚だというのに、こんな状況は酷すぎる。

一刻も早く、この状況を打開しなければ。

ベルティーユ妃殿下と、ヴォルヘルム殿下のために。

眠っているベルティーユ妃殿下を寝室に運んだあと、私はサファイア宮からルビー宮へ移動した。

向かった先は、ヴォルヘルム殿下がいる地下の隠し部屋だ。

すると、図書室の本棚を動かしたところで、隠し部屋からヴォルヘルム殿下の叫び声が聞こえてきた。

「ヴォルヘルム殿下!!」

部屋に入ると、ヴォルヘルム殿下は絨毯《じゅうたん》の上に横たわり、胸を押さえている。

「いかがなさいましたか!?」

いったいどうしてこのようなことに!?　まさか襲撃か!?

剣を抜き、周囲を確認する。しかし明後日《あさって》の方向を見る執事が壁際にいるだけで、家具の乱れはなく、侵入者がいるようにも見えない。

ヴォルヘルム殿下も、外傷はなさそうだ。

「あの、ヴォルヘルム殿下、いかがなさいましたか？」

「ベルティーユが、ベルティーユが！」

その叫びに、私はぎょっとする。

場合によっては、すぐにサファイア宮へ向かわなければならない。

「ベルティーユ妃殿下が、どうかされたのでしょうか!?」

「ベルティーユが、可愛すぎて苦しい……！」

「え？」

「この苦しみと、どう付き合っていけばいいのか、わからない。辛い。辛すぎる」

一瞬、何を言っているのか理解できなかった。

「私の妻は、なんて可憐なのだろう。世界一だと、思わないか？」

そう問いかけられたところで、やっと殿下の言葉を理解する。

ヴォルヘルム殿下は、ベルティーユ妃殿下のあまりの可愛さに悶《もだ》えて、床を転げ回っているらしい。決して襲撃を受けたわけではなく。

天真爛漫《てんしんらんまん》で賢いベルティーユ妃殿下は、確かに魅力《みりょく》的だ。彼女が嫁《とつ》いできて日は浅いが、騎士隊の隊員達も魅了《みりょう》されている。命を擲《なげう》っても御身を守ると言っているほどだ。

そんなことを考えていると、ヴォルヘルム殿下は転げ回るのをやめた。そしてまっすぐに私を見つめて口を開く。

「ベルティーユに色目を使う者が現れたら、即刻叩き斬《き》ってほしい。命令だよ」

「な、何を言っているのですか？」

「ねえ、フロレン」

「なんですか？」

「ベルティーユ以上に可憐な女など、見たことがないだろう？」

なんだその質問は。私は頭に手を当て、ひとまず主人に確認する。

「……それはそうとして、ヴォルヘルム殿下、襲撃を受けたわけではないのですね？」

「ベルティーユからの襲撃なら、受けた。私は、惨敗《ざんぱい》してしまったよ」

「すみません、ベルティーユ妃殿下からの襲撃以外で」

「ありえない。私が敵に隙を見せるわけがないだろう」

キリッとした表情で言っているが、床に横たわったままなので、威厳と説得力はゼロだ。

「フロレン。私を褒めてほしい。あのベルティーユを前にして、湧き上がる衝動を抑えたのだから」

「……いや、抑えきれていませんでしたよ。結構だだ漏れでした」

「そんなことはない」

私が言っても、殿下は信じないらしい。しかもいい大人だというのに、駄々《だだ》をこねる子どものように寝っ転がって、起き上がろうとしない。

「私は、真面目に変装をして、働いているのに……」

膝を抱え、小さくなりながら呟《つぶや》く殿下。その主張には、ため息を返すほかない。

会うたびに感情を剥《む》き出しにしては、いずれベルティーユ妃殿下に正体がバレてしまうだろう。

「まだ、正体を明かすことはできないので、派手な行動は自重《じちょう》してください」

「わかっている。わかっているが、ベルティーユが、可愛いことをしてくるから……」

私は何と答えていいかわからず、黙りこんだ。

今は見る影もないが、ヴォルヘルム殿下は本来、冷静沈着な人である。

正直、殿下がここまで豹変《ひょうへん》するとは、想定外だった。

以前より、手紙を交わしていたベルティーユ妃殿下への執着は感じていた。

実際に近くにいることで、感情が抑えきれなくなっているのだろう。

「毎日、夢にベルティーユが出てくるんだ。昨夜は一緒に食事をして、森を歩き、湖畔《こはん》を眺めた」

「それは、ようございましたね」

「よくない！　私は、本物のベルティーユと一緒に過ごしたいのに！」

あと少しの辛抱だ。私達は長い間、ヴォルヘルム殿下の母君が暗殺された事件の謎を追ってきた。ついに犯人の尻尾を掴みかけている。

相手方が今まで出さなかったボロを出したのだ。それは、ベルティーユ妃殿下が来てくれたおかげであった。奴らの意識は、ベルティーユ妃殿下に向かっている。

「それでしたら、目立つ行動は慎《つつし》んでくださいね」

「言われずとも、わかっている。私を、誰だと思っている？」

いい加減《かげん》、椅子に座ってくれないだろうか。そう思っていると、ヴォルヘルム殿下は「そうだ！」と叫んで起き上がる。

「フロレン！　明日一日、お前の変装をして、ベルティーユの護衛をしたい」

「ダメです」

「なぜ？　私はお前の声も、真似できる」

ヴォルヘルム殿下は喉元《のどもと》に手を当て、ゴホンゴホンと咳き込む。息を大きく吸い込み、声を出した。

「ベルティーユ妃殿下、私です、フロレンです」

私の声にそっくりで、完璧な声帯模写である。これは、ヴォルヘルム殿下の特技の一つだ。身内であれば、だいたい真似できる。その他の人の声真似は、訓練しだいらしい。

私は親戚だし毎日のように会っているので、簡単にできたのだろう。

「女の声は難しいが、お前は声が低いからな」

「さようでございますか」

「顔も、化粧でどうにかできよう」

「背と肩幅はどうするんですか？」

「そう、変わらないだろう？」

「ぜんぜん違います！」

男と女では、体の作りが違う。いくらヴォルヘルム殿下でも、私に変装するのは無理だろう。

「とにかく、今は感情に流されず、冷静な判断をなさってください」

すると殿下は、これ見よがしにため息をつく。

「冗談だ。こうも張りつめた日々を過ごしていると、ふざけたくもなる」

「あの、どこからがおふざけだったのですか？」

「お前の変装をするという話から」

「最初からではないのですね」

今度は私が、盛大なため息をついた。

「苦労をかけるね、フロレン」

「いいえ。私も、この件が解決しないと、前に進めないので」

私達はずっと、過去に囚《とら》われてきた。これからは、未来を見て暮らしたい。

そのためには、事件の真相を暴き、悪《あ》しき者を捕えなければならないのだ。

「ヴォルヘルム殿下、ベルティーユ妃殿下のことは、命に代えてもお守りします」

「頼んだよ」

「はっ！」

改めて、私はベルティーユ妃殿下を守ると誓ったのだった。

第四章　行動は慎重《しんちょう》に

洗礼執行の日から、瞬《また》く間《ま》に一週間が経過した。

皇太子妃の公務を一つずつこなし、充実した日々を送っている。

簡単にできることばかりではないけれど、ヴォルヘルム様の妻として頑張っているつもりだ。

ヴォルヘルム様とは、毎日文《ふみ》を交わしている。きっとお忙しいだろうに、彼は一日も欠かすことなく手紙をくれる。

それを読むたびに、頑張ろうと胸に誓うのだ。

今朝も、ヴォルヘルム様からの手紙を読む。最後につづられた『愛しているよ』の言葉を見て、一人悶《もだ》えた。

「胸がいっぱいで苦しいわ。あ、これは比喩《ひゆ》よ」

単に「胸が苦しい」と言うだけだと、フロレンが心配してしまうのだ。だから、毎回「比喩《ひゆ》だ」と付け足している。

手紙を繰り返し読んでいると、エミリアが申し訳なさそうに話しかけてきた。

「ベルティーユ妃殿下、そろそろご準備を」

「そうね」

のんびりしている暇はない。今日は、エレンディール皇后のお茶会なのだ。

身支度、お土産《みやげ》、感謝の言葉——どれも失敗できない。気合いを入れて取り組まねば。

そう意気込んでいるとエミリアが大きな箱を運んできた。

「エミリア、それは？」

「ヴォルヘルム殿下より、贈り物でございます」

「まあ！」

贈り物は、本日のガーデンパーティー用のドレスだった。春らしいタンポポ色の生地のドレスで、とても素敵だ。さっそくドレスを纏《まと》うと、ヴォルヘルム様に守られているような気分になった。

「ベルティーユ妃殿下、お似合いですよ」

「ありがとう」

褒めてくれたエミリアに笑みを返す。

サイドの髪を三つ編みにして、ハーフアップにしてもらう。化粧は派手にならないように気をつけて、爪は何も塗らずに、磨くだけにしてもらった。

華やかすぎず、地味すぎず、絶妙な感じに仕上がった気がする。

さすが、エミリアだ。長年わたくしの侍女をやっているだけある。

念のため、フロレンにも確認してみた。

「フロレン、どう？」

「お綺麗です。春の妖精のようですね」

「ありがとう」

自信がついたところで、出かける時間となった。

サファイア宮に停めている馬車に乗り込むと、先客がいた。

本日、わたくしのパートナーを務めてくれる、ローベルトだ。白の正装姿なので、不思議といつもの五割増しほどカッコよく見える。

彼は相変わらず、わたくしを見ない。もう慣れたけれど。

「ごきげんよう、ローベルト」

声をかけると、ローベルトはすぐに赤くなる。今日は耳まで真っ赤だ。大丈夫なのか、心配になる。

「ベルティーユ妃殿下……。お先に、失礼しております」

「ええ。今日はよろしくね」

「ふつつか者ですが、今日一日、どうぞよろしくお願いいたします」

嫁入り前のようなセリフに笑いそうになり、わたくしはとっさに扇《おうぎ》で口元を隠した。

フロレンとエミリアが乗り込むと、馬車は走り出す。

皇后陛下の離宮であるラピスラズリ宮まで、馬車で三十分ほど。同じ敷地内だというのに、ずいぶんと離れている。

「エレンディール皇后陛下の離宮のお庭は、この城の中でもっとも広く、毎年ガーデンパーティーが開かれるそうです」

「そうなの」

ラピスラズリ宮は、ヴォルヘルム様のお母様が亡くなってから建てられた、比較的新しい離宮だという。

ヴォルヘルム様の護衛をしていたフロレンは、今回初めて行くそうだ。彼女の表情は少し険《けわ》しい。

無理もない。ヴォルヘルム様のお母様を暗殺したという疑いが、皇后陛下にかけられているのだから。

でも、それを意識していたら、表情に出てしまう。気をつけなければならないだろう。

「ねえ、フロレン。庭園には、どんな花があるのかしら？　楽しみだわ」

「ええ、そうですね」

正直それどころではないのだけれど、わたくしはなるべく明るくするように努《つと》めなければ。

ラピスラズリ宮の前には、馬車の列ができていた。ガーデンパーティーの招待客が乗ってきた馬車だろう。

予想していたよりも、その数は多くない。

「エレンディール皇后と付き合いのある貴族は、ごく一部です」

「ふうん」

しばらくして、馬車から降りた。眼前にそびえるのは、海のように深い青の屋根の離宮。

「これが、ラピスラズリ宮……」

ため息が出てしまうほど美しい。

うっとりしていると、内部へ誘われる。案内係の従僕が、『エレンディール皇后が客間でお待ちです』と言った。ドキドキと、胸が高鳴ってしまう。

彼が客間に到着し、その重厚な扉を押すと、ギイと重たい音と共に動いた。

その先にいたのは——エレンディール皇后。

彼女は長椅子から立ち上がり、わたくし達を迎えてくれる。

確か、年の頃は三十代半ばだったか。艶《つや》やかな金髪に、切れ長で翠《みどり》色の目。形のいい目鼻立ちに、ふっくらとした唇。とても綺麗な人だ。それに、二十代と言われても信じてしまうほど若々しい。かなり気が強そうに見えるけれど。

細いシルエットの深紅のドレスから、彼女の自信を察する。これほど派手なドレスを着こなすには、それ相応の美しさを備えていなければならない。

社交界の頂点に立つ者の、威厳と美貌《びぼう》を体現しているかのようだ。

エレンディール皇后は目を細め、口元に弧を描いた。

迫力のある笑顔に怯《ひる》みそうになったが、負けていられない。わたくしも、とびっきりの笑みを浮かべる。

「初めましてだな。マールデール王国のお姫様」

——そう言ったのは、エレンディール皇后だ。男性のような無骨な口調により、迫力が増した。

わたくしは驚き、慄《おのの》きつつも言葉を返す。

「ヴォルヘルム様の妻になりましたので、マールデールの姫ではありませんわ、お義母様」

すると、エレンディール皇后は真顔になる。美人の無表情は怖い。

「そういえば、先日は結婚式だったか。具合が悪く、参加できずに申し訳なかった」

「とんでもありません。もう、ご体調はよろしいのですか？」

「見ての通りだ」

顔色は悪くない。それに、ガーデンパーティーを開催できるということは、そこそこ回復しているのだろう。

「ご健康になられて、よかったですわ」

わたくしの言葉に、エレンディール皇后は頷《うなず》いた。

「さあ、座ってくれ」

パートナーのローベルトには、隣に座ってもらう。そのあたりのルールはわかっているようで、行動はスマートだった。先ほどまで、わたくしの顔を見て赤面していた人物とは思えない。

「皇后陛下、こちらは、ハイデルダッハ家のローベルト様です」

「ハイデルダッハのローベルトとは……もしや、皇太后のそば付きだった騎士か」

「ええ、そうです」

「どこの馬の骨を連れてきたと思っていたが、そうだったのか。いやはや、長年の務め、ご苦労だった」

馬の骨って……。危《あや》うく、嫌みを言われるところだったらしい。ローベルトは皇太后様にお仕《つか》えしていた騎士なので、悪く言えないのだろう。彼を連れてきたことは、正解だったようだ。

それにしても、エレンディール皇后は想像通り、怖い人だ。まったく仲良くなれそうにない。

「どうした？」

「いえ、皇后陛下とお会いできて、とても嬉しいなと」

「嘘だろうが。顔を見たら、わかる」

しかも、いろいろ鋭《するど》い。絶対に、敵にしたくない相手だ。

「あ、そうだ。お土産《みやげ》を持ってきたのです。エミリア」

「はい」

エレンディール皇后へのお土産《みやげ》は、祖国マールデール王国から持ち込んだ品だ。

木箱に納められたそれを、そっと差し出す。

「なんだ？」

エレンディール皇后はすぐさま手に取り、蓋《ふた》を開ける。

「これは――素晴らしい」

そうだろう。お土産《みやげ》は、ローズカットと呼ばれる特別なカットを施《ほどこ》した、ダイヤモンドの耳飾りだ。

「皇后陛下にお似合いになると思い、特別にご用意いたしました」

「そういえば、マールデール王国は鉱物がよく採れるらしいな」

「はい、それはもう」

わたくしがそう言うと、エレンディール皇后は、唇の片側だけニッと上げた。実に悪役っぽい。

「さっそく今日のガーデンパーティーで、使わせてもらうぞ」

「嬉しいです」

どうやら、お気に召していただけたようだ。

それにしても――ヴォルヘルム様のお母様を亡き者にして皇后の座を奪った上に、彼の命を狙っているのは、この人か。

すべては疑惑止まりであるものの、他に疑わしき者がいない。

「さて、そろそろ中庭へ行こうか。皆が待っておる」

お茶会の会場は、中庭らしい。わたくしはローベルトと腕を組み、庭に移動する。

エレンディール皇后自慢の庭だというので、さぞかし整えられた豪華な庭園なのだろうと思っていたが――予想は大きく外れた。

立派な薔薇《ばら》の苗も、大理石の東屋《あずまや》も見当たらない。そこにあるのは、森の一角を切り取ったような美しい田舎《いなか》風の庭園だった。

咲いているのは薔薇《ばら》や百合《ゆり》などの華やかな品種ではなく、ヒヤシンスやマリーゴールドといった控えめな美しさの花々である。

花壇を区切るのは煉瓦《れんが》ではなく武骨な石で、柵は素朴な木を組んだもの。水草が浮いた池もある。中には小さな魚が泳いでいた。

派手なエレンディール皇后とはかけ離れたイメージの庭園だったから驚いた。

参加者は五組ほど。小規模のガーデンパーティーのようだ。驚くべきことに、その多くが子連れだった。

公《おおやけ》の行事に子どもを連れてくることは、貴族ではほぼない。その点からも、このガーデンパーティーは変わっている。

そんな中で、想定外のもてなしが始まった。

女性陣に、蔓《つる》を編んだ籠《かご》が配られたのだ。これ一杯に、花を摘《つ》んで帰っていいらしい。

ガーデンパーティーは本来、庭先でお茶を飲んだり、立食したりと交流がメインだ。

好きなように過ごしていいなんて、初めてだった。

「男性陣は、喫煙室で煙草《たばこ》でも吸っておけ」

庭の散策をするのは、女性だけのようだ。なんと、型破りのガーデンパーティーなのか。

「おい、そこの騎士。男はこっちだ」

エレンディール皇后が声をかけたのは、フロレンだ。

「あ、いや、私は違います」

フロレンは慌てて首を横に振った。エレンディール皇后は顔をしかめ、フロレンを凝視する。

フロレンとエレンディール皇后は皇族同士であるにもかかわらず、今まで面識がなかったようだ。

「女なのか？」

「僭越《せんえつ》ながら」

「……そうであっても、お前は男側に行け」

フロレンの言葉を信じていないということではなさそうだが、皇后はそう命じた。

「ですが、私はベルティーユ妃殿下の護衛でして」

「侍女が一人いれば十分であろう」

フロレンは従僕に背中を押され、喫煙室に連れて行かれていた。

「お前もだ」

エレンディール皇后が次に示したのはローベルトだ。

彼も、わたくしのそばを離れるわけにはいかないと主張したが、エレンディール皇后は折れない。

「なんだ？　私の庭が、危険だとでも？」

これ以上抵抗するのはよくない。強く警戒していると示すことになる。

わたくしはローベルトに喫煙室へ行くように命じた。

「あなたも少し羽を伸ばしてくればいいわ。わたくしはエミリアと楽しむから」

「ベルティーユ妃殿下、しかし――」

「お願い。行って」

もしかしたら言うことを聞かないかもしれないと思っていたが、ローベルトはしぶしぶ応じてくれる。内心ホッとした。

「邪魔者が消えたところで、存分に楽しむがよい。鐘が鳴ったら戻るように」

エレンディール皇后は最高の悪女顔でそんなことを言う。

これは、わたくしを陥《おとしい》れる罠《わな》なのか。それとも、本当にもてなしなのか。

……わからない。とにかく、今は自分の身は自分で守らなければいけない。

「エミリア、行きましょう」

「はい」

つばの広い帽子を被《かぶ》せてもらい、片手に籠《かご》を持って庭を散策する。

「せっかくだから、食べられる葉を探しましょう。エミリア、あなた、薬草に詳しかったわよね？」

「はい、お任せを」

こうなったら、目一杯楽しんでやる。エレンディール皇后の腹の内なんて、知ったことか。

エミリアと二人、薬草探しを始めると——

「ベルティーユ妃殿下、ここ、薬草園みたいです」

薬草園と書かれた看板が立つ区画を見つけた。その花壇にさまざまな草が生えている。

「これ、薬草なの？」

「はい、そうですよ」

雑草が自由に生えているように見えるが、すべて薬草だという。

「これは知っているわ。ラベンダーでしょう？」

「よくご存じで。香りがいいので、ポプリに最適です」

細長い茎《くき》に小さな花がついたラベンダーを、プチプチと摘《つ》んでいく。束になったところで、香りを思いっきり吸い込んだ。

「いい香り」

「ですね」

虫はラベンダーの香りを嫌うようで、庭師は虫除けのためにラベンダーを編んで腰から吊るすこともあるらしい。

「だったら、わたくしの帽子にもつけてくれる？　先ほどから、小さな虫が飛んでいるのが気になって」

「承知いたしました」

ラベンダーの束を差し出すと、エミリアは帽子とリボンの隙間に差し込んでくれた。

帽子のつばを握り、彼女に聞いてみる。

「ふふ、どうかしら」

「よくお似合いです」

わたくしは気をよくして、他の草を摘《つ》みはじめた。鎮静《ちんせい》効果のあるレモンバームに、殺菌作用のあるオレガノ、肌の調子を整えてくれるセージ、腹痛に効くディルなど、種類豊富な薬草を集めていく。

その最中、エミリアは薬草に関する知識を披露《ひろう》してくれる。

「薬草は乾燥させると、薬効が増すのですよ」

「だったら、サファイア宮に戻ったら、薬草を干さなきゃね」

「はい」

エミリアの祖母は趣味が庭いじりで、幼少期にはよく手伝いをしていたのだとか。

さらに、育てた薬草のお茶を作ったり石鹸《せっけん》を作ったりして、慈善市に出品していたようだ。

「お茶や石鹸《せっけん》以外にも、薬草は使えるんです。ドレッシングやドリンクにしたり、お菓子に混ぜたり。いろんなものを祖母は手作りしていました」

「なんだか、楽しそうね」

「エレンディール皇后も、もしかしたら似たようなことをしているのかもしれませんね」

「ふうん」

パッとイメージしたのは――暗い部屋で薄ら笑いを浮かべながら、ぐつぐつ煮《に》えたぎる鍋をかき混ぜる、エレンディール皇后の姿だった。悪い魔女が毒薬を作る様子にしか見えない。

それにしても、こんなガーデンパーティーは初めてだけど、意外と楽しい。皆、自由にお花を摘《つ》んで、社交をしなくてもいい時間があるというのが面白い。

たぶん、このあとにお茶会があって、他の参加者と話す機会となるのだろう。

ここは、素晴らしい庭園だ。空気がとても美味《おい》しい。

悪女顔のエレンディール皇后が管理しているとは思えないほど平和だし。

すっかり楽しくなって、エミリアと共にどんどん奥に向かっていく。

「あら、あっちにも何かあるわ」

看板がいくつも立っている。別の薬草園だろうか？　わたくしは思わず小走りになった。

「ベルティーユ妃殿下！　走られては危険です！」

「平気！」

もう少しで看板、というところで、背後から怒鳴り声が聞こえた。

「そこに近づくな!! 死にたいのか!?」

びっくりして振り返る。

すると、そこに少年が立っていた。

年は十歳そこそこだろうか。切れ長で緑色の目は吊り上がり、怒《いか》りの色が滲《にじ》んでいる。肩口で切り揃えられた金髪が、風を受けてサラサラと揺れた。

手足が長くスラリとしていることやサクランボ色の唇から、一瞬少女なのかと思ったが、どうやら少年のようだ。男の子だとわかったのは、ズボンを穿《は》いているから。

それにしても、彼はどうして怒っているのだろう？

「お前、そこが何だかわかっているのか？」

「え？」

彼が示す『そこ』を振り返り、看板の文字を読んでみる。

――毒草園。

「きゃあ!!」

薬草園かと思いきや、毒草園らしい。よくよく見てみれば、近寄るなと赤字で書かれた看板が、花壇にいくつも刺さっている。

魔女の恰好をしたエレンディール皇后が「イッヒッヒ」と笑いながら、毒薬を作る図が、頭に浮かぶ。

恐怖のあまり、膝の力がガクンと抜けた。

「あ、危ない！」

美少年が慌てて腰を支えてくれる。

「あ、ありがとう」

「自分で近づいたくせに腰を抜かすなんて、馬鹿じゃないの？　看板に気づいていなかったのか？」

「返す言葉もないわ」

でも、皇后の庭園に毒草園があるなんて、思いもしなかったのだ。

美少年はそのまま、わたくしを近くのベンチに座らせてくれる。口は悪いけれど、優しい子みたい。

駆けつけたエミリアも、安心した様子でわたくし達を見ている。

「毒草園に走って近づく人、初めて見た」

「本当に、反省しているわ」

美少年は看板のほうを指さし、説明してくれる。

「看板の裏にある薄紫の花、あれも毒草」

「え？　サフランじゃないの？」

「サフランに似ているが、別のものだ。イヌサフランと呼ばれている。含まれる有毒成分は、コルヒチン」

どこからどう見ても、サフランの花にしか見えない。

しかし、このイヌサフランには毒が含まれているという。口にした場合、下痢《げり》と嘔吐《おうと》を経て、亡くなってしまう場合もあるとか。

「紛《まが》うかたなき、毒草だ。美しい見た目に惑《まど》わされてはいけない」

「う、嘘でしょう？」

「何故、私がお前に嘘をつかなければならない」

「そ、そうよね」

エレンディール皇后は、なんと恐ろしいものを育てているのか。

「教えてくれて、ありがとう。助かったわ」

お礼を言うと、美少年はぽかんとした表情で、わたくしを見る。

「どうかしたの？」

「いや、貴族の女は自尊心が強いから、お礼を言われるとは思わなくって」

「すべての人が、そうとも限らないでしょう？」

「母上の取り巻きは、皆そうだ。気が強くて、高圧的で……。母上がそうだから、類は友を呼ぶのかもしれないけれど」

美少年はいったいどんな環境で育ったのやら。

「お前、名前はなんだ？」

そしてそんな彼もまた、気が強く、高圧的な人間になっていた。

「わたくしは――」

「待て。本格的な付き合いをするつもりはないから、名前の一部でいい」

「だったら、ベルで」

「私はリスと呼べ」

リスだって。可愛い。彼のほっぺたをプニプニとつつきたくなったけれど、自尊心を傷つけそうなのでやめておいた。

「なんだ？」

「なんでもない。よろしくね、リス君」

差し出した手は、ぷいっと無視されてしまった。

「馴《な》れ合うつもりはない！」

こういうのが恥ずかしいお年頃なのかな。

そう思っていると、リス君は思いがけない提案をしてきた。

「ベル、私が庭を案内してやろう」

「え、いいの？」

「ああ。特に、することもないからな」

「お母様は？」

「今頃高みの見物だろう。お山の大将なんだ」

その言葉に笑ってしまう。リス君の雰囲気からイメージする限り、彼のお母様は大勢の取り巻きに囲まれて、高笑いをしていそうだ。

「もう、立てる？」

「ええ」

立ち上がろうとしたら、リス君が手を引いてくれた。

「ありがとう」

「べ、別に、のろのろされたら、イラつくから」

リス君は頬を淡く染め、悪態をついてくる。

なんだろう。だんだん可愛く見えてきた。不思議だ。ある意味、素直な子なのかもしれない。

「じゃあ、そこの毒草園から案内しようか?」

「え!?」

「冗談だ」

そう言って、くすくすと笑うリス君。

なんということだ。絶世の美少年は、笑うと大輪の薔薇《ばら》が綻《ほころ》ぶかのように美しい。彼は、シトリンデール帝国の至宝にしたほうがいいだろう。

「何?」

「なんでもない。早く行こう?」

リス君の手を引き、先に進む。

「おい、なんでお前が前を歩くんだ。案内するのは私だぞ」

「お前じゃなくって、ベルよ」

「ベル。私の半歩後ろを歩け」

まさかの呼び捨て！

リス君ってば、なんて俺様なのか。将来が心配だ。

「後ろを歩くよりも、並んで歩いたほうが楽しいわよ」

「そんなの、聞いたことがない」

「だったら、わたくしが証明してあげるわ」

そんなわけで、わたくしとリス君は手と手を繋いで、庭の散策をすることにした。

すると、意外や意外。リス君は植物博士だった。道端に生えている草の名前まで、すらすらと教えてくれる。

「これはハコベ、こっちはノゲシ、シロツメクサに、ナズナ」

「リス君、こちらの雑草は？」

「おい、ベル。いいか、これは雑草ではない。名前がわからない場合は、野草と言え」

「え？　ええ、ごめんなさい」

「それは、ヨモギだ。邪気祓《ばら》いに使われるもので、風呂に入れると、肌の湿疹《しっしん》に効く」

「へえ、そうなの。リス君は物知りね」

「私が小さなころ、母が教えてくれた」

その昔、リス君は病弱で、肌も弱かったらしい。医者の薬が効かないので、困ったリス君のお母さんは、民間療法を試すことにしたという。

「母が作る薬は、なぜかよく効いたんだ。昔はすぐに寝込んでいたけれど、今は健康でこうして外も出歩けるようになった」

「リス君のお母様の愛ね」

「愛で病気が治るわけがないだろう」

「そうだけど、わたくしは、お母様の愛の力もあったと思うわ。きっと、たくさん勉強されたのでしょうね。リス君は、幸せ者だわ」

そう言うと、リス君は頬を染めてぷいっと顔を背《そむ》ける。

照れているのだろう。また、ぷにぷにのほっぺたをつつきたくなったけれど、ぐっと我慢した。

ここで、どこからかカランカランと鐘の鳴る音が聞こえる。

「これは……」

「お茶会の合図だ。どうやら、ここでお別れのようだな」

「どうして？　リス君も一緒に行きましょうよ」

「嫌だ。女どもの集まりは、苦手だ」

「そう、残念だわ」

「お前、そんなに私のことを気に入ったのか？」

「え？」

リス君は腰に手を当て、胸を張って聞いてくる。なんだろう。この、過剰な自信は。

ある意味羨《うらや》ましいような、そうでもないような。

「私は女が嫌いだが、お前はまあ、そこまで悪くなかった。うるさくないし、我儘《わがまま》じゃないし」

「え～っと、うるさくも我儘《わがまま》でもない女性のほうが、多いと思うけれど」

「そうなのか？　今まで私が会った女は皆、うるさいし、我儘《わがまま》だったぞ」

本当に、リス君はどんな環境で育ったのやら。

「まあ、そこまで気に入ったのならば、婚約者候補の一人にしてやってもいい」

想定外のご提案に、目が点となる。まさかこんなところで、見初《みそ》められるなんて。

驚いて言葉を失っていたら、リス君は申し訳なさそうな表情で話し始める。

「しかし悪いが、候補というだけだ。私の花嫁を選ぶのは、母上だから」

それはそうだろう。貴族同士の結婚は、本人の感情だけで決められるものではない。わたくしも、ヴォルヘルム様と結婚するために大変な努力を重ねてきた。

「詳しく言えないが、私は高貴な生まれなんだ」

「そうなのね」

この辺は聞き流しておこう。こちらも、詳しく聞かれたら答えにくい。

わたくしが皇太子妃だと知ったら、きっとリス君の態度は変わってしまうだろう。

ここに来てから、腫《は》れ物《もの》扱いとまでは言わないけれど、周囲に気を遣ってもらいながら過ごしてきた。皇太子妃という立場上、慣れなければいけない。けれど、息苦しく思うこともあった。

そんな中、リス君みたいに遠慮なく話してくれる相手は、心地いい。

だから、次に会うことがあったら、今日みたいに気安い関係でいたい。

「――それで、どうなんだ？」

「え、何が？」

「婚約者候補の話だ」

「そ、その件ね」

「他に何があるというのだ」

突拍子もない話すぎて、スルーしていたのだ。

「もしや、すでに婚約者がいるというのか？　誰だ？」

「えっと、リス君。……わたくし、実は結婚しているの」

そう、何を隠そう、わたくしは人妻なのです。

「既婚者だと？　お前に、夫がいるというのか？」

「ええ、まあ」

結婚式は一人で挙げたし、誓いのキスはなかった。その上、初夜の寝室は別々どころか、会うこともできない。とんでもない夫婦関係だけれど、わたくしはヴォルヘルム様を心から愛している。

「人妻なのに、私を誑《たぶら》かしたのか!?」

「え、わたくし、いつリス君を誑《たぶら》かしたの？」

「手を、繋いだではないか！」

あれ？　最初に手を握ってきたのは、リス君だったような？

「夫がいないのをいいことに、私を弄《もてあそ》んだのだな!?」

リス君はわなわなと震えながら、わたくしを責める。

これ、弄《もてあそ》んだことになるの？　十歳前後の男の子と、庭を散策していただけなんだけど。

「リス君、待って。落ち着いて」

「うるさい。こんな不快な気持ち、初めてだ」

「ど、どうどう」

馬を宥《なだ》めるように言ってみたけれど、キッと睨《にら》まれる。むしろ逆効果だったかも……

「母に頼んで、婚約者候補に入れてやろうと思ったが、気が変わった」

どうやら、リス君との関係はここで終わりみたい。非常に残念だ。もっと、植物の話を聞きたかったのに。

「リス君、あの――」

最後にお礼を言おうとしたところで、リス君に遮《さえぎ》られる。

「略奪してやる！」

「はい？」

「お前の夫から、お前を略奪すると言っているのだ」

「え～っと……」

思わぬ展開に、戸惑《とまど》いを隠せない。

するとリス君はわたくしにビシッと指を向け、宣言した。

「ベル。お前を私のものにする。いいか、覚えておけよ！」

「ど、どういうこと？」

「お前の夫よりも、私のほうが絶対に将来性がある！」

……なんだ、その自信は。

わたくしの夫であるヴォルヘルム様は、未来の皇帝陛下だ。リス君が考える将来性とは何かわからないが、ヴォルヘルム様と張り合うのはなかなか難しい。

うーん、今のうちに本当のことを言っておいた方がいいのかもしれない。

「あのね、リス君……」

「ええい、黙れ。また、私を誑《たぶら》かすつもりだろう！　お前のやり方は、もうわかっている！」

「違うわ。そうじゃなくて」

「次に会った時は、お前は私の女だ。いいな？」

そう言うと、リス君は走り去った。

美少年の全力疾走《しっそう》なんて、貴重かもしれない。

そんなことをぼんやり考えつつ、リス君の背中を呆然と眺める。

彼の姿が見えなくなった瞬間、ひゅうと強い風が吹いた。

それにしても驚いた。少年から、熱烈な求婚（？）を受けるなんて。

「そういえば、リス君はどこの子なのかしら？」

家名くらいは聞いておけばよかった。

「ねえ、エミリア。リスって、何の愛称かわかる？」

「あまり、聞きませんよね」

リリス、アリス、リスティア……女性名ならばいくつか思い浮かぶけれど、男性名は思いつかない。

「それに、高貴な生まれだと言っていたのも、気になるわ」

きっと、嘘は言わないだろう。

「皇族と親戚関係にある子かもしれないわね」

「その可能性が高いかと」

だったら、最初から名乗っておけばよかった。心から反省する。

リス君があまりに可愛いので、盲目的になっていたのかもしれない。

なんと魔性の子、リス君……！

その時、遠くからわたくしを呼ぶ声が聞こえた。ローベルトだ。

「わたくしはここにいるわ！」

叫び返すと、ローベルトは颯爽《さっそう》と走ってきた。髪は乱れ、額《ひたい》に玉の汗が浮かんでいる。そして真っ赤な顔で、わたくしの前に跪《ひざまず》いた。

「ベルティーユ妃殿下！　よかった、ご無事で」

「ええ、わたくしは、この通り」

「集合を知らせる鐘が鳴ってもお戻りにならないので、心配していました」

「ごめんなさいね……」

ちょっと男関係でごたごたがあって――なんて、冗談めかしてでもローベルトには言えない。なんせ、古代に通じるような貞操《ていそう》観念を持っているのだ。リス君同様、浮気をしていたと思われてもおかしくない。

「ローベルト、お茶会会場に行きましょう。みんなが待っていると悪いから」

「ええ」

「エスコートしてくれる？」

「はい、喜んで」

ローベルトは立ち上がり、腕を貸してくれた。

わたくしがそっと手を添えると、すぐさま顔が赤くなる。一歩、一歩と進むにつれて、耳まで紅潮していく。そのうち、倒れてしまうのではないかと心配したが、なんとかお茶会会場まで送り届けてくれた。

お茶会も、男女別のようだ。

女性陣は皇后自慢の温室で、お茶とお菓子を楽しむ。

全面ガラス張りの温室は、太陽の光が優しく降り注《そそ》ぐ、過ごしやすい空間だ。緑に囲まれており、そこにテーブルと椅子が並んでいる。

周囲には、南国の植物が咲いていた。赤や黄色など、明るい色合いが多い。

子ども連れのお茶会は、和《なご》やかだ。振る舞われるお茶とお菓子も、美味《おい》しい。

しばらくして、エレンディール皇后が現れた。

「楽しんでいるようだな」

参加者一同、ピリッと緊張感を漂《ただよ》わせる。皆、なんと答えていいのか戸惑《とまど》っているようなのだ。

わたくしが率先《そっせん》して答える。

「ええ。お菓子もお茶も、素晴らしいですわ」

「そうか。それならばよかった」

エレンディール皇后が片手を上げると、彼女の背後にいた侍女が皿にのったクッキーを持ってくる。

「これは、昨日の晩に焼いたクッキーだ。健康によい薬草をふんだんに練り込んでいる」

まさか、エレンディール皇后が手ずからクッキーを作ってくださるなんて。

「遠慮せずに食べるといい」

エレンディール皇后にすすめられたが、先ほど毒草園を見てしまったので、なかなか手が伸びない。

ダメだ。どうしても、変な妄想が頭にちらつく。皇后が夜闇《やあん》に紛《まぎ》れて毒草園へ赴《おもむ》いて一撃必殺の毒草を摘《つ》み、それを使って『イッヒッヒ』と笑いながら毒草入りのクッキーを焼く様子が……

ただの妄想だとわかっていても、慄《おのの》いてしまう。

「ベルティーユ妃、どうした？　クッキーは嫌いか？」

「いいえ、大好きですわ」

わたくしが食べていないことに、エレンディール皇后はいち早く気づく。なんて目ざといのか。

なるべく笑顔を崩さないように気をつけ、クッキーを食べた。

サクッと軽い食感のあと、バターの濃い香りが鼻を抜ける。そのあと、薬草の爽《さわ》やかな風味が口の中に広がった。

とても美味《おい》しい。毒草入りなんてとんでもない。

「皇后陛下、とても美味《おい》しいです」

「そうだろう、そうだろう！」

エレンディール皇后は腰に手を当てて胸を張り、自慢げにする。

その反応に、既視感があった。

「……なんか、見覚えが」

「どうした？」

「いえ、皇后陛下と同じような反応をする人物を、さっき見たのですが――」

エレンディール皇后のイメージと重なったのは、毒舌美少年ことリス君なのではないか。

「あ!!」

今になって気づく。リス君の本名は――クリスティアン。彼は第二皇子なのだ。

「ベルティーユ妃、どうかしたか？」

「あ、あの、クリスティアン様は……？」

「ああ、リスなら、機嫌を損ねていたようで、茶会には出ないと言っている。紹介するつもりだったが、すまなかったな」

「あ、いえ、それは構わないのですが……」

エレンディール皇后は今、クリスティアン様のことを『リス』と言った。間違いなく、リス君はクリスティアン様だろう。

言われてみれば、エレンディール皇后とリス君の顔はよく似ている。二人共、ド迫力系の美形だ。なぜ、今まで気づかなかったのか。

「あの、皇后陛下」

「なんだ？」

「実は、先ほどお庭で、クリスティアン様と偶然お会いしまして」

「む、そうだったのか？」

「はい。その、ちょっと行き違いがあって、クリスティアン様を怒らせてしまいまして……」

「まあ、あれは気が短い。気にするでないぞ」

「ありがとうございます」

クリスティアン様のことを話すエレンディール皇后は、表情も声もどことなく優しげだ。

「あれと、何を話していたのだ？」

「彼が幼い頃、皇后陛下が薬草でお薬を作ってくださったという話をお聞きしました。もしかして、このお庭はクリスティアン様のために作られたのですか？」

「ああ、そうだ。息子は幼い頃から病弱でな。医者の薬が効かず、寝台から出ることもできなかったのだ」

そこで、エレンディール皇后は王宮医師の助言に従《したが》い、クリスティアン様の体調管理に気をつけてさまざまなことを試したという。

「薬草を育てるのも、薬を作るのも、骨の折れる作業だった。しかし、息子が以前よりずっと元気になったから、報《むく》われた」

エレンディール皇后はちょっぴり顔が怖いけれど、息子を愛する優しい母親なのだろう。

「お前の結婚式にも行けなくて、すまなかった」

「いえ」

「ちょうど息子が風邪を引いて、出歩かないほうがいいと思ってな」

「そうでしたか。酷くなったら、取り返しがつかないですから、無理せずに休んでいただけて何よりです」

「そうなのだ」

クリスティアン様の具合が少しでも悪いと、このラピスラズリ宮にこもり治療《ちりょう》に専念するようにしているのだという。

「こんなことを言ったら怒られるかもしれぬが、私にとって息子ほど大事なものはない。今は、完全に健康体とも言えぬので、体調を崩さぬよう細心の注意を払っていてな」

そういう理由で、公務に出られない日も多いという。

「皇后失格だとは思うが……」

彼女の気持ちはよくわかる。わたくしも、ヴォルヘルム様のことが何よりも大切だから。

——エレンディール皇后のことを、わたくしは誤解していたのかもしれない。

彼女は野心家なのだと思っていた。しかし実態は、息子を愛する、どこにでもいる母親だった。今日、それがわかっただけでも、大きな収穫だろう。

ついでに、もう一点気になることについて、勇気を出して聞いてみた。

「あの、あと一つ質問があるのですが」

「なんだ？」

「裏手にある毒草園は、どのような目的で作られたのでしょうか？」

「ああ、あれは王宮医師の依頼で育てている。薬の材料になるのだ」

「え⁉」

まさか毒草を薬として使うなんて……。思いも寄らないことに戸惑《とまど》っていると、エレンディール皇后が説明してくれる。先ほどクリスティアン様に名前を教えてもらったイヌサフランは、痛風《つうふう》の薬の原料になるのだとか。

「ジギタリスから採れる種には、心不全を起こすほどの毒性があるが、心臓病に効く薬にもなる。スズランの花と根茎には呼吸停止や、心停止になる毒があるが、心筋症にいいらしい」

エレンディール皇后が『イッヒッヒ』と笑いながら毒薬を作っているところを妄想したのは、大変失礼だった。

「毒をもって毒を制すという言葉があるように、悪い病気は悪い毒で治すのだろうな。とはいえ毒草を育てるのは危ないので、毒草園の手入れは私だけでやっている」

「そうなのですね。しかし、どうしてそんなことを？」

「小遣い稼《かせ》ぎだ。ここでの暮らしは、金が必要になるからな。私が散財していたら、あっという間に資産は尽きてしまうだろう。まったく、皇后など、面倒な肩書きでしかないな……」

その言葉に、ドキンと胸が高鳴る。

エレンディール皇后は、地位に執着しているようには見えない。どういうことなのか。

それにもかかわらず、面倒だという皇后の肩書きを背負っているのは、なぜなのだろう。

「あの、どうしてエレンディール皇后陛下は、皇后になろうと思ったのですか？」

「それは――」

エレンディール皇后の頬は赤く染まり、彼女は口ごもる。これはもしかして、皇帝陛下をお慕《した》いしている、ということなのか。

「皇帝陛下を、愛していらっしゃるのね」

沈黙は肯定を意味するのだろう。しかしエレンディール皇后は話を逸《そ》らす。

「ええと、小遣い稼《かせ》ぎをしているのは、クリスティアンの病気を治療《ちりょう》するためだ。陛下はクリスティアンのために国家予算を割《さ》くと言ってくださるが、それに甘えると周囲がうるさく言うだろうからな。だから断って、自分で金を工面しているのだ」

税金を使わず、自《みずか》らの労働の対価を治療《ちりょう》費に充《あ》てる。なんて素晴らしい精神を持った御方なのか。

毒草を育ててお金を稼《かせ》ぐところは、斜め上の発想だけれど。

まあ、いい。毒草のくだりは気にしないことにしよう。

それからしばらく、皇后と二人で他愛のない話をした。

お開きの時間が近づいてきて、わたくしは改めて頭を下げる。

「皇后陛下、本日はお招きいただき、深く感謝します」

「うむ。私も、ベルティーユ妃と話すことができて、よかった」

「また、遊びに来てもいいですか？　庭も、まだ全部見ていないので」

「好きにせよ」

「ありがとうございます。あ、あと、クリスティアン様にもよろしくお伝えください」

クリスティアン様から求婚（？）された件については、どう説明していいかわからず、話さなかった。

まあ、わたくしが皇太子妃だと知ったら、彼だって何も言わないだろう。

そんなことを考えていると、お茶会はお開きとなった。

帰りがけに、エレンディール皇后から手作りの石鹸《せっけん》や化粧水をもらった。わたくしが差し上げたお土産《みやげ》のお返しらしい。どれもいい香りで、使うのが楽しみだ。


ラピスラズリ宮からの帰り道は、すっかり夕暮れ時となっていた。窓の外の景色を見ていると、太陽はあっという間に沈んでしまう。

周囲は暗くなり、夜の景色となる。

帰りがけの馬車の中、わたくしはフロレンに話しかける。

「それにしても驚いたわ。皇后陛下は、意外と気さくな方なのね」

「そうなのですか？」

フロレンは目を丸くして驚いている。彼女はお茶会の会場にいなかったので、エレンディール皇后とわたくしのやりとりを見ていないのだ。

「正直、皇后陛下がヴォルヘルム様のお母様を亡き者にしたのだと、勝手ながら思っていたわ」

わたくしがそう言った途端、フロレンはピリッとした空気を纏《まと》う。触れてはいけない問題なのだろう。しかし、もし彼女が誤解しているならば、きちんと言わなければならない。

「皇后陛下は、きっと何もしていない。皇后の座に執着しているようにも見えなかったわ」

「しかし、エレンディール皇后は怪《あや》しい行動を繰り返していました。人目を避けて、街や郊外に行くことも頻繁にあったようで……」

「それは、クリスティアン様の薬草の種を買ったり、摘《つ》みに行ったりしていたそうよ」

「クリスティアン様の、薬草？」

「ええ。病弱なクリスティアン様のために、民間療法を試しているらしいの」

「そんなこと、聞いたことがないです」

「隠していたそうよ」

フロレンの表情はさっきより和《やわ》らいでいるが、ローベルトの顔は逆に強張《こわば》っていく。

「……ローベルト、大丈夫？」

具合でも悪いのかと聞いてみるが、首を横に振るばかり。

「今日は、無理矢理誘って悪かったわ。まともに護衛のお仕事もできなくて、ヤキモキしたでしょう」

「それは――そうですね。おそばを離れることが恐ろしく、また不安になりました。こうして、無事に帰れることを、奇跡のように思っています」

奇跡だなんて、大袈裟《おおげさ》な……

そう思っていると、ローベルトはまっすぐにわたくしを見つめてくる。

すると、口が勝手に動いた。

「ヴォルヘルム様？」

ローベルトの目が、わたくしの記憶にあるヴォルヘルム様のものと、重なって見えたのだ。

「あなたが、ヴォルヘルム様なの？」

問いかけると、ローベルトは目を見開いた。フロレンが何か言おうとするのを、ローベルトは手で制す。

「ベルティーユ妃殿下、私はヴォルヘルム殿下ではありません」

「そう……よね」

「ヴォルヘルム殿下が、羨《うらや》ましくなる時もありますが」

「それは、どうして？」

馬車の中は薄暗くてよく見えないのに、ローベルトの瞳だけはらんらんと輝いていた。

「ベルティーユ妃殿下を、お慕《した》いしているからです」

「それは……どうも」

「こんな気持ち、初めてなんです」

「そうなのね」

「初恋、かと」

こういう時、どう反応したらいいのかわからない。

ローベルトはきっと、自分が守らなければという責任感と庇護欲《ひごよく》を、恋だと勘違いしているのだ。それを言っても、彼は理解できないだろう。

それに、こんな風に真正面から好意を伝えてもらったことがないので、照れてしまった。

返事に困っていると、フロレンが口を開く。

「ローベルト、あなたは、ベルティーユ妃殿下にそのような想いを抱いていたなんて！　許されるものではありませんよ！」

「ええ、わかっています。ただ、お伝えしただけで、何かしようとか、そういうことは少しも思っていません」

しかし、二人の言い合いを見ているうちに冷静になった。

なんだか、告白することでわたくしに衝撃を与え、ヴォルヘルム様ではないかという疑いを流されたようにも思える。

う～～ん。果たして、ローベルトの正体は、ヴォルヘルム様なのか。

わたくしの目は節穴《ふしあな》なので、よくわからない。フロレンの時にも間違えたことだし、直感は信じないほうがいいだろう。

そんなことを考えているうちに、サファイア宮に到着した。

サファイア宮には、一通の手紙と小箱が届いていた。差出人には、リスと書かれている。クリスティアン様からだ。

タイミングを考えると、わたくしと別れてすぐに手紙を書いてくれたようだ。

わたくしは、フロレンとエミリアだけを連れて自室に戻ると、さっそく手紙を開ける。

「なになに……『私のベルへ』」

ヴォルヘルム様とまったく同じ書き出しだったので、笑ってしまった。さすが兄弟だ。可愛い、可愛すぎる。

手紙には、三日以内にラピスラズリ宮に遊びに来るようにと書いてあった。なんという俺様。

ちなみに、箱の中身は香水だ。なんでも、手作りの品らしい。瓶の蓋《ふた》を開けると、キンモクセイの甘い香りが漂《ただよ》ってきた。素敵な香りだ。

「フロレン、三日以内に、ラピスラズリ宮に行く暇はあるかしら？」

「エレンディール皇后に何か用事ですか？」

「いいえ、クリスティアン様から、遊びに来ないかと誘われていて」

「い、いつ、クリスティアン様と仲良くなられたのですか？」

「毒草園の前で会ったの」

わたくしの返事に、フロレンは目を丸くする。

「毒草ですって⁉」

「ええ、そうよ。エレンディール皇后が育てているの」

フロレンは顔を真っ青にして、額《ひたい》を押さえ今にも倒れてしまいそうだ。

わたくしはエミリアに椅子を用意してもらい、フロレンをそこに腰かけさせた。

「す、すみません」

「いいのよ」

「えっと、エレンディール皇后の毒草園の話でしたね」

「ええ。エレンディール皇后は、内職として毒草を育てているの。毒草は薬の材料にもなるので、王宮医師に売っているそうよ」

「毒を、薬にですか？」

「ええ」

「作っているのは、本当に薬なのでしょうか？」

それは、わたくしも疑ったことだ。けれど、皇后と話した限り嘘をついているようには見えないので、今は信じている。

そう伝えると、フロレンは言いづらそうに口を開いた。

「実は、毒物の混入が、ここ数年何件も起きていて……」

ヴォルヘルム様の食事にも、何度か毒を盛《も》られたという。どれも彼が召し上がる前に判明していたことが、不幸中の幸いだ。

犯人探しはくまなく行《おこな》われた。しかしその中で、ラピスラズリ宮への立ち入り調査だけは、エレンディール皇后に拒否されたのだという。

「もしかして……今日の茶会の最中、フロレン達はエレンディール皇后の庭を探っていたの？」

「……ええ、そう、ですね。ラピスラズリ宮に招待されることなんて、今までなかったので」

普段、ラピスラズリ宮の庭には番犬が放たれているらしい。狼と闘犬の遺伝子を組み合わせた、獰猛《どうもう》な犬なんだとか。

今まで何度か密偵を送ったが、犬のせいで庭を探ることができなかった、とフロレンは言う。

「エレンディール皇后について探れば探るほど、怪《あや》しく思えたのです。マリアンナ様……ヴォルヘルム殿下の母君を殺したのは、彼女だと思ってきました」

しかし、証拠は見つからなかった。

「犯行に及んでいないのであれば、証拠がないのは当たり前ですよね」

犯人はエレンディール皇后ではない。だったら、誰が犯人なのか。

もしかして彼女が、何か知っているかもしれない。

「わたくし、エレンディール皇后に、ヴォルヘルム様のお母様についてお話を聞くわ」

「そ、それは、危険です。もしも、目をつけられてしまったら――」

「あなたやローベルトが、守ってくれるのでしょう？」

「それは、そうですが」

「誤解を解くならば、早いほうがいいわ。もしもエレンディール皇后が何もしていないとしたら、一致団結できるはずよ」

わたくしの言葉に、黙り込むフロレン。

「フロレン。意識を変えるのよ。今までと同じやり方は捨てるの」

わたくしは今日あったこと——エレンディール皇后と話した内容やクリスティアン様との出会いについて詳しく語った。そしてわたくしが感じたことも伝える。

かなり渋《しぶ》ったが、フロレンは最終的に頷《うなず》いてくれた。

挿話　フロレンの活動報告　その四

夜が更《ふ》けた頃、ベルティーユ妃殿下のもとから下がった私は、ヴォルヘルム殿下の隠し部屋への通路を開けながら、ため息をつく。今日は大変な一日だった。

それは私だけでなく、ヴォルヘルム殿下もだろう。

階段を下りて隠し部屋の前まで行くと、ノックをして声をかける。

「ヴォルヘルム殿下、フロレン・フォン・レプシウスです」

「入れ」

扉を開き、一礼して入室した。

「今日は、ご苦労だったな」

「ええ」

私達にとって、エレンディール皇后の住まうラピスラズリ宮に入ることは、念願だった。ずっと叶わなかったことを、ベルティーユ妃殿下はあっさりと果たしてしまったのだ。

「何か、新たな情報はあったのかい？」

「ベルティーユ妃殿下から毒草園についての話を聞きました。間違いなく毒草を栽培しているそうです」

「やはり、か」

「ええ。しかし、その毒草は薬の材料にしているだけだと」

「なんだって？」

「ラピスラズリ宮に出入りしている王宮医師が、買い取っているらしいです」

「では、その王宮医師とやらの情報を集めておくように」

「御意《ぎょい》に」

あともう一点、報告すべきことがある。これに関しては、若干《じゃっかん》言いにくい。しかし、報告しなければ、あとで大変なことになりかねない。

「それともう一件。クリスティアン殿下とベルティーユ妃殿下が接触したようです」

「ほう？」

「それで、クリスティアン殿下はベルティーユ妃殿下を皇太子妃と知らずに気に入り、婚約者にしたいと言い出したとか」

「なぜ、ベルティーユは皇太子妃であると名乗らなかった？」

「それが、クリスティアン殿下が互いに素性を明かさないことを望んだそうです」

エレンディール皇后と話して殿下の正体を知ったベルティーユ妃殿下は、皇后に殿下へよろしく伝えてほしいと頼んだという。

「ふふ、さすがは私の愛妻だ。宮廷内で恐れられている皇后に、伝言を頼むとは」

「ええ、驚くべき度胸の持ち主かと」

それから、クリスティアン殿下からベルティーユ殿下にラピスラズリ宮へ来るようにという手紙が届いたことも伝える。

「クリスティアン……勝手なことをして……」

「ずいぶんと、ご執着のようで」

エレンディール皇后からベルティーユ妃殿下について知らされて、クリスティアン殿下はどういう反応をしたのだろう。

「それと、ベルティーユ妃殿下がエレンディール皇后に直接、マリアンナ様について聞きに行くとおっしゃっております」

「それは、やめたほうがいい」

「しかしベルティーユ妃殿下は、今まで通りのやり方では、事件を解決できないと」

エレンディール皇后に事件のことを聞いた人はいない。調査委員会に尋ねられても、彼女は無言を貫き通した。

マリアンナ様の事故から早くも十二年経つ。そろそろ、話をする気になっている可能性もある。

「ベルティーユ妃殿下が、事件解決の鍵となってくれるかもしれません。だから――」

「わかった。その代わり、何があっても離れるんじゃないよ」

「はい、了解です」

もしも、エレンディール皇后が味方になってくれたら心強い。

しかしそれも、ベルティーユ妃殿下しだいだ。彼女の人誑《ひとたら》しの技術に期待するしかない。

「報告はそれだけ？」

「はい」

「ならば、下がっていい」

私は一礼し、隠し部屋を去る。

一刻も早く、ヴォルヘルム殿下を光ある場所へ導かなければ。

前途多難だが、以前よりは希望の光が差し込んでいるような気がした。

第五章　信じる道を突き進む

翌日も、クリスティアン様からお手紙が届いた。返事が遅いという催促《さいそく》だ。

今日の手紙にも、『私のベルへ』と書いてある。エレンディール皇后からわたくしが皇太子妃であると話を聞いただろうに、面白い子だ。

手紙の内容も、想像の斜め上を行く。わたくしを妻とすることを、諦めていないようだ。

余程自分に自信があるのか、『旦那より可愛がってやる。いいから嫁に来い』と書かれていた。

「はあ、クリスティアン様が可愛くって辛い……」

そうため息をついたら、フロレンが心配そうに聞いてきた。

「ベルティーユ妃殿下、まさか、クリスティアン殿下派になるなんておっしゃらないですよね？」

「もちろん、そんなこと言わないわ。わたくしはず〜っとヴォルヘルム様派よ」

クリスティアン様は可愛い可愛い義弟。熱烈な恋文も、平凡な毎日に振りかけられたスパイスみたいなもので、恋とは別のお楽しみなのだ。

「それはそうと、フロレン。明日か、明後日《あさって》、ラピスラズリ宮へ行ってもいい？」

「明日の昼からであれば、問題ないですよ」

「わかったわ」

公務を終え、夕方に暇を見つけたわたくしは、エミリアと共に台所に立った。

明日、ラピスラズリ宮を訪問するため、お土産《みやげ》を用意するのだ。

先日摘《つ》ませてもらったローズマリーを使い、バターケーキを作ることにした。

「クッキーは何回か作ったけれど、バターケーキ作りは初めてね」

「作り方はそこまで難しくありません。基本、材料を混ぜるだけですよ」

エミリアの指示通りに、調理を進める。

まず、小麦粉、全粒粉、ふくらし粉、砂糖をふるいにかけ、塩とバターを入れてしっかり混ぜる。

「生地がボソボソしてきたら、牛乳と生クリーム、塩、乾燥ローズマリーを入れます」

さらに混ぜ、生地がなめらかになったら、バターを塗った型に流す。

ローズマリーの葉を表面にのせ、水で溶いた卵黄を刷毛《はけ》で塗る。これを石窯《いしがま》で二十分ほど焼いたら、ローズマリーのバターケーキの完成だ。

二十分後、エミリアが石窯《いしがま》からケーキを取り出すと、小麦の焼けたいい香りがふんわりと漂《ただよ》う。

早速、二つに割ってエミリアと味見をしてみた。

「うん、美味《おい》しくできているわ」

「そうですね」

表面はサクサク、中はホロホロ。全粒粉を使っているので、とっても香ばしい。ローズマリーの風味もいい感じで、食べ応《ごた》えのあるお菓子だ。

「チーズを入れたら、肉料理にも合うのですよ」

「それも美味《おい》しそう」

「さらに、ベーコンを入れたら、ピクニックにも最適です」

「ピクニック、いいわね」

いつか、ヴォルヘルム様とピクニックに行ける日が来るだろうか……

「ベルティーユ妃殿下、どうかしましたか？」

「え、いいえ。なんでもないわ」

ヴォルヘルム様と会える日まで、バターケーキを一人で作れるようになろう。それまで、フロレンやローベルトに、味見係として活躍してもらわねば。


翌日、フロレンとローベルトを連れ、ラピスラズリ宮へ向かう。

馬車の中の雰囲気は、微妙にピリピリしていた。フロレンがとても緊張しているようだ。

「フロレン、大丈夫よ。何かあったら、あなたのことは、わたくしが守ってあげる」

「ベルティーユ妃殿下が、私を？」

「ええ。もちろん、ローベルトも」

「私まで守っていただけるとは……恐縮です」

そのお堅い言い方に、笑ってしまう。つられて、フロレンも微笑んだ。凜《りん》と咲く百合《ゆり》のような笑顔だった。

「そういえばローベルト、帝都の暮らしは慣れた？」

その問いかけに、ローベルトはきょとんとする。

「あら、あなた、もしかしてずっと帝都暮らしだったの？」

ローベルトの実家のハイデルダッハ家の本邸は、シトリンデール帝国の南端の、自然豊かな地にあると聞いた。賑《にぎ》やかな帝都での暮らしに戸惑《とまど》っているのかもしれないと思って聞いてみたが、そうでもなかったようだ。

「あの、八歳の時に、剣術の修業のため帝都に来たので……」

「そうだったのね。自然豊かなご実家と帝都、どちらがお好き？」

「帝都です。ベルティーユ妃殿下がいらっしゃるので」

「まあ！　ありがとう。嬉しいわ」

いい子、いい子と頭を撫《な》でたくなったけれど、ぐっと我慢した。

「ローベルト、ご実家のお話を聞かせてもらえる？」

「もちろんです。ハイデルダッハ家のカントリーハウスがある南部地方は、春には鮮《あざ》やかなネモフィラの花が咲き誇り――」

彼の話を聞いているうちに、ラピスラズリ宮に到着した。海よりも青く塗られた屋根が、太陽の光を受けて輝いている。白い壁が、眩《まぶ》しい。

「なんか、物語の最終決戦みたい」

「ベルティーユ妃殿下、無理はなさらないでくださいね」

「ええ、ありがとう、フロレン」

フロレンにエスコートされ、ラピスラズリ宮へ挑《いど》む。

通された客間では、クリスティアン様が腰に手を当てて、待ち構えていた。

「ふん、やっと来たか」

「ごきげんよう。お会いしたかったですわ」

淑女《しゅくじょ》の礼を取ると、クリスティアン様はわたくしの手を取って、唇を落とす。

「これは……私があげた香水をつけてきたな」

「ええ、ありがとうございました。とても気に入っております」

「いい香りだ」

クリスティアン様はふっと笑った。ずいぶんと大人っぽい微笑み方をする。子どもなのに、振る舞いは一人前の紳士だ。

「ここに来たということは、私のものになる覚悟ができたようだな」

「またまた」

「私特製の香水を纏《まと》っているだろう。贈られた香水をつけて現れるということは、『あなた色に染まる』という意味だ」

「まあ、存じ上げませんでした」

わたくしの背後から、ピリピリした空気を感じた。フロレンとローベルト、どちらか知らないけれど、殺気は抑えてほしい。とりあえず、話題を逸《そ》らす。

「今日はバターケーキを焼いてきました。クリスティアン様に召し上がっていただきたくて」

「クリスティアン様だと？　私はお前になんと名乗ったか、忘れたとは言わせないぞ。それにそのよそよそしい口調もやめろ」

「あ～えっと、リス君」

「そうだ」

籠《かご》に入れたバターケーキを差し出すと、クリスティアン様改めリス君は受け取ってくれた。

「先日のガーデンパーティーで摘《つ》ませてもらったローズマリーを入れてみたの」

「へえ。参加者のほとんどは花を摘《つ》んで帰ったが、お前は薬草を摘《つ》んだんだな」

「ええ。せっかくだから、活用できたらと思って。薬草について侍女に教えてもらいながら摘《つ》んだのよ」

「殊勝《しゅしょう》なことだ」

リス君はバターケーキを一切れ摘《つ》まんでパクリと食べる。

「ふむ。なかなかよくできているぞ」

「お褒めにあずかり、光栄です」

リス君はお腹が空《す》いていたのか、続けて三個も食べた。気持ちのいい食べっぷりである。

そうしているうちに、エレンディール皇后が客間にやってきた。

今日の装《よそお》いは、腰がきゅっと絞《しぼ》られた濃紺のドレスだ。目元は紫のアイシャドウが引かれ、唇は真っ赤。目つきはキリリと鋭《するど》い。本日も、また悪女感増し増しでのご登場である。

「ベルティーユ妃、よく来たな」

「お招きいただき、光栄です」

「ふむ」

エレンディール皇后は向かい側――リス君の隣に座ると、すぐにバターケーキに気がついた。

「クリスティアン、その菓子はどうした？」

「ベルが私のために、作ってきたものだ」

「ベルティーユ妃自《みずか》ら、菓子作りとはな。意外だ」

エレンディール皇后もガーデンパーティーの時に、顔に似合わない美味《おい》しいクッキーを作っていたじゃありませんか。……なんてことは、怖くて言えないけれど。

「クリスティアン、私にも一つくれ」

「これは、全部私のだ。ベルが私のためだけに、作ってきたものだ。母上は、菓子職人にバターケーキを作らせろ」

リス君の生意気な発言に、エレンディール皇后は真顔になる。

一個くらいあげたらいいのに。

少し呆れていると、皇后は話を変えた。

「それはそうと、クリスティアン。ベルティーユ妃はお前の兄上の妻であると言っただろう。愛称で呼んでいい相手ではない」

リス君は頬を膨《ふく》らませ、ぷいっと顔を背《そむ》ける。

「すまんな。この通り、聞きやしないのだ」

エレンディール皇后は、苦笑気味に私に言った。

きっと、わたくしの口から聞かないと、リス君は信じないのだろう。わたくしは姿勢を正し、リス君に話しかける。

「リス君……実は私、ヴォルヘルム様の奥さんなの」

「なんで、ガーデンパーティーの時に言わなかった？」

「え、だって、互いに身分を明かさないようにしようって、リス君が……」

リス君はわたくしをキッと睨《にら》んでくる。心なしか、涙目だ。

「ご、ごめんね」

謝ったが、またも顔を逸《そ》らされた。

リス君は立ち上がって、わたくしを指さしながら叫ぶ。

「人妻に、騙《だま》された……！」

彼の気持ちは本当に嬉しい。けれど、わたくしはヴォルヘルム様の妻だ。リス君の気持ちに応《こた》えることはできない。

「本当に、ごめんなさい」

「もう、いい。私達は、少し距離を置いたほうがいいだろう」

もっと仲良くなりたかったし、薬草について教えてほしかったのに……残念でならない。

「お別れだ」

リス君はバターケーキの入った籠《かご》を胸に抱くと、部屋から出て行った。

あとを追ったほうがいいのか。

立ち上がろうとしたが、ローベルトがわたくしの肩にそっと触れる。行かなくてもいいと言いたいらしい。

迷っていると、エレンディール皇后が首を横に振った。

「そ、そうなのですね」

「ベルティーユ妃、放っておけ。そのままにしていたら、じきに機嫌も直る」

その時、侍女が紅茶を運んできた。いい香りを堪能し、ティーカップに口をつける。

「わっ、おいし……」

ティーカップをソーサーに置いて顔を上げると、こちらを凝視するエレンディール皇后と目が合った。

あまりのド迫力に悲鳴を上げそうになるけれど、口から出る寸前でごくんと呑み込む。

「あ、あの、何か？」

「いや、おかしな娘だと思って」

「わたくしが、おかしい？」

「そうだろう。『簒奪《さんだつ》皇后』と呼ばれる私と積極的に関わろうとする者など、滅多《めった》におらぬ」

エレンディール皇后は、自身が裏で『簒奪《さんだつ》皇后』と呼ばれていることを、ご存じだったようだ。

それにしても、簒奪《さんだつ》とは言いすぎだろう。普通は、皇帝の地位を奪った場合に使われる言葉なのに。

　しかし、周囲の人達にとって、マリアンナ様が亡くなった直後にエレンディール様が皇后になったことは、それほど衝撃的なことだったのだろう。

「私は、嫌われているし、疎《うと》まれてもいる。後ろ盾もなく、政治的な立場も低い。だから、クリスティアンを皇太子にしようとしていると、疑われておるのだ」

　エレンディール皇后自《みずか》ら、わたくしが聞きたかった問題に触れてくれた。質問する機会は、今しかない。

「あの、いくつかお聞きしたいことがあるのです」

「なんだ？」

「ヴォルヘルム様のことは、どう思っているのですか？」

「ヴォルヘルムか？　もうずいぶんと会っていないな。あれは……引きこもっているのはどうかと思うが、仕事はきちんとしていると聞く。まあ、お前が表舞台に引っ張ってやればよいのではないか？」

　その話し方は、実にあっさりとしたものだった。

　嘘を言っているようには見えない。エレンディール皇后にとって、ヴォルヘルム様は邪魔な存在ではないようだ。

　続いて、二つ目の質問をする。これは、ヴォルヘルム様を取り巻く陰謀《いんぼう》の核心に迫《せま》るものだ。

　息を大きく吸い込んで——吐く。腹を括《くく》り、エレンディール皇后をまっすぐに見た。

「ヴォルヘルム様のお母様――マリアンナ様の暗殺を仕向けたのは、皇后陛下ですか？」

皇后は吊り上がった目を、カッと見開く。彼女の顔からは一瞬にして血の気が失せ、唇はぎゅっと噛みしめられた。

「なぜ、そんなことを聞く？」

「噂話を耳にしました。マリアンナ様の暗殺を仕組んだのは、エレンディール皇后陛下であると。しかし、わたくしは、あなたがそのような愚《おろ》かなことをする人だとは思えないのです」

皇后の視線をまっすぐ受けながらも、わたくしは話を続ける。

「皇后陛下が望んでいるのは、クリスティアン様が幸せに暮らすことだけ。だから、マリアンナ様の暗殺を企《くわだ》てようとは思わなかったのでは、と考えています」

エレンディール皇后は顔を伏せた。答えをもらうのは、きっと難しいことだろう。

「無理に、返事を聞きません。しかし、これだけは忘れないでくださいませ。わたくしは皇后陛下を信じたいのです」

今日は、長居をしないほうがいいだろう。フロレンやローベルトと顔を見合わせ、立ち上がった。

しかし――

「おい、まだ、話が終わっておらぬ。ベルティーユ妃よ、座れ」

エレンディール皇后はそう命じた。

「え？」

「いいから、座るのだ」

指示された通り、わたくしは再度長椅子に腰かける。

ところが、また沈黙が落ちた。エレンディール皇后は、何かを考えているらしい。彼女が口を開くまで、待つべきだろう。

沈黙をおもんぱかってか、侍女が新しく紅茶を淹《い》れてくれた。それを一口いただく。

ティーカップをソーサーに置いて顔を上げた瞬間、再度エレンディール皇后と目が合った――というよりは、睨《にら》まれているように見えた。その迫力に気圧《けお》され、むせてしまう。

「うっ、げほっ、げほっ！」

「お前みたいなヤツは、初めてだ」

「ど、どうも、ありがとうございます」

褒められているのかわからないけれど、とりあえずお礼を言っておく。

『それにしても、どうしてお前は私を信じようという気になった？』

『先日お話しさせていただいた時、皇后陛下の意識はクリスティアン様にしかないと感じたのです。それから、ご自分で運用資金を稼《かせ》いでいると聞き、皇宮内での野心がある御方ではないなと』

「まあ、その通りだ。私は、クリスティアンにしか興味がない。他は、どうでもいい」

「では、マリアンナ様の暗殺には関与していないと」

「ああ、そうだ。私は皇后の座にそこまで執着していない」

そしてエレンディール皇后は、十二年前――リス君が生まれてしばらくしてからあったことを、話しだした。

差出人のない封筒が、エレンディール皇后に届いたそうだ。中に入っていたのは、白銀の毛髪と一枚の手紙。そこには、『思《おぼ》し召《め》しの通り、殺しました』という物騒なメッセージが書かれていた。気持ちが悪いので処分した後、皇帝陛下がラピスラズリ宮を訪ねてきた。そこで、白銀色の髪を持つマリアンナ様の死を知らされたのだ。

「同時に、当時公妾《こうしょう》だった私を皇后にすると言われた。断るつもりであったが、頭を下げられてしまったので受け入れる他なかった」

不気味な手紙については、見なかったこととし、誰にも言わなかったようだ。

そうして、マリアンナ様の死は事故として処理され、エレンディール皇后が誕生した。

しかし、陰ではマリアンナ様はエレンディール皇后に殺されたのだと囁《ささや》かれている。

「どこのどいつがこのような愚《おろ》かなことをしたのか……。あの手紙も、燃やさず残しておけばよかった。犯人を見つける手がかりになったかもしれないのに」

エレンディール皇后の無実を証明するものは、何一つとしてない。だから、社交界を避け、クリスティアン様と二人でラピスラズリ宮に引きこもっているのだという。

「私の知らぬ誰かが、クリスティアンを帝位につかせようとしていることは、把握している。そのせいで、ヴォルヘルムが危険にさらされていることも」

それについては、自分が犯人ではないと皇帝陛下にはっきり話しているらしい。

「陛下は承知していると言っていたが、これも証拠はないから、私を疑っているかもしれん」

ただ、エレンディール皇后は、表立って噂話を否定しない。何もやっていないがために、無実だという証拠もないからだという。

今まで言い訳をせず、悪評も知らない振りをし、一人で戦ってきた。それは、耐えがたい荊《いばら》の道だっただろう。

なんて、強い人なのか。そしてこれが、皇后となる人の器《うつわ》なのか。

味方のいない状態でも、エレンディール皇后は凜《りん》と立ち、前を向いてきた。しかしそれは、並大抵の覚悟でできることではないだろう。

もしも、同じ立場にわたくしが立たされたら――どうなるか想像できない。

「今まで、苦しかったですね」

「まあ……否定はできん。孤独な、戦いだったからな」

「もう、一人ではないです。わたくしも、皇后陛下と一緒に戦います」

すると、エレンディール皇后の表情が崩れた。緊張の糸が切れたように、吊り上がっていた眉は下がり、切れ長の目から一筋《ひとすじ》の涙が流れる。頬を伝《つた》い、落ちていく雫《しずく》は真珠みたいだ。

それは、長い間一人で戦い続けた勇敢な女性の、美しい涙だった。

「なぜだ？　なぜ、お前は、簡単に人を信じる？　今まで、私を無条件に信用する者など、いなかったというのに」

「わたくしは、噂話を信じていません。自分で見て、知ったものを信じることにしているだけです」

だいたい噂話なんて、広まれば広まるほど、真実が歪《ゆが》んでしまうものだ。それをそのまま信じるなど、愚《ぐ》の骨頂《こっちょう》だろう。

わたくしが出会ったエレンディール皇后は、確かに見た目は怖い。ただ、庭の草花を愛し、息子を愛し、人をもてなすことに喜びを感じる、どこにでもいる女性だ。しかも皇后として国を案じ、自《みず》ら対策を考えて実行する行動力もある。

もちろん、それだけではない。

「皇后陛下が善人であることなど、クリスティアン様を見ていればわかります」

彼は素直じゃなくて、傲慢《ごうまん》で、我儘《わがまま》。けれど、植物を愛し、優しさを持って人に接することができるいい子だ。

「子は、親の鏡なんです」

もちろん、すべての子どもがそうとは限らないけれど、多くの場合、子は親の背を見て育つのだ。親のことは、子どもを見ていたらよくわかる。

クリスティアン様はエレンディール皇后の愛情を受け、純粋で穢《けが》れを知らない子に育っていた。社交界の毒は、彼から微塵《みじん》も感じられない。

それに、もしもエレンディール皇后がクリスティアン様を皇帝にしようと考えていたら、あんな風には育たないに違いない。

「皇后陛下、一緒に社交界の毒を排出してしまいましょう」

「それは、容易なことではないぞ」

「わかっています。けれどそうしないと、いずれクリスティアン様にも危険が及ぶかもしれません。

そうなったら、困りますよね？」

「そうだな。ただ、どうやって……？」

わたくしはエミリアに視線で合図する。彼女はリボンで巻いた羊皮紙を広げて手渡してくれた。

それを、エレンディール皇后に差し出す。

『なんだ、それは？』

「こちらはわたくしのサロン『竜貴婦人の会』の概要です。まだ発足していないのですが、社交界の女性達の地位向上と権利を守ることを目的にした集まりにしたいと考えています」

エレンディール皇后の周囲に、ヴォルヘルム様暗殺を企《くわだ》てる組織がないということは、彼女を守るものは何もないに等しい。

「ここに所属していたら、サロンの仲間が皇后陛下の味方をいたします。ひいてはクリスティアン様共々守ってくれるようになると思うのです」

今の状況は絶対によくない。敵も誰だかわからないのだ。

戦うためには、盾も必要となるだろう。

「しかし、脅威から守れる根拠はどこにある？」

「わたくしの祖国ですわ」

シトリンデール帝国の経済活動の一部を、わたくしの祖国であるマールデールが支えている。

ヴォルヘルム様と結婚したことにより、その傾向はさらに強まった。

「社交界で暗躍《あんやく》しているのは、国の上層部の人間でしょう。もしもわたくしを害した場合、父は黙っておりません」

最悪、シトリンデールとマールデールの取引は全面中止に、支援も停止となる。そうなれば、困るのは害を成した人達のほうだろう。それがわからないほど、愚《おろ》かではないはず。

「なるほど、確かにそうだな。我《わ》が帝国は、古くからの盟友であるマールデール王国に頼りきっている一面もある」

お父様の権力が、マールデール王国の姫であることが、わたくしを守る盾となるのだ。

「盾の仕組みは理解した。しかし、この私に、お前の傘下に入れというのか？」

「そういうわけではありません。わたくしは単に、虎の威を借る狐ですから」

「ふん。それも上手くいくかどうかわからんな」

けれど、誤解されたままというのは絶対に損だ。庭を愛し、息子を溺愛するエレンディール皇后のことを、わたくしは皆に知ってほしい。

「そうすれば、皇后陛下に対する疑いも、晴れるかと」

エレンディール皇后は腕を組み、眉間《みけん》に皺《しわ》を寄せる。すぐに決められることではないだろう。

「お返事は、また後日にでも」

「いいや、今答える」

皇后は眉尻を上げ、それはそれは恐ろしい表情でわたくしを睨《にら》む。

無謀《むぼう》な提案だったか……

「その、なんと言いますか、生意気な提案をしてしまい――」

「『竜貴婦人の会』とやらに、参加しよう」

「すみませんでし……え？」

唐突に言葉を遮《さえぎ》られ、ぽかんとしてしまう。

「聞こえなかったのか。二度は言わぬ」

「い、いいえ。聞こえておりました！」

なんと、エレンディール皇后はわたくしのサロンに参加してくれるらしい。

「ほ、本当に、参加してくださると？」

「そうだと言っている」

「あ、ありがとうございます‼」

わたくしはエレンディール皇后のいる方へ回り込み、隣に座ると手をぎゅっと握った。

『嬉しいです」

彼女の手は、温かかった。

目と目が合った瞬間、なんて大胆なことをしてしまったのかと後悔する。鋭《するど》い視線を向けられ、冷や汗を流した。

しかし、次の瞬間、エレンディール皇后はにっこりと微笑んでくれる。

その笑みは凄《すご》みのある悪役風ではなくて、たんぽぽの花が咲いたような可憐なものだった。

馬車に乗り込んだ途端、フロレンは胸を押さえて息を吐く。

「ベルティーユ妃殿下、あんな大胆な行動にお出になるなんて……心臓が止まるかと思いました」

確かに、エレンディール皇后をサロンに誘うのは、とても勇気がいった。

「この先五年分くらいの勇気を振り絞《しぼ》って、言ったのよ」

しかし、頑張ったおかげで、大変強力な味方を得ることができた。

「ベルティーユ妃殿下、あなたはすごい」

「まあ、それほどでも」

「しかし、一つ言わせていただけますか？」

「な、何？」

フロレンがいつになく真剣な表情になったので、身構えてしまう。隣に座るローベルトも、何かを訴《うった》えるような視線を向けてきた。

「行動は、慎重《しんちょう》にお願いします。今回の件を責めているわけではなく、これからのお話です」

「ええ、そうね。皇后陛下を悪い人だと決めつけて、敵対している者も多いと聞くし」

その汚名も、どうにかしたい。すぐさま返上することは難しいだろうけれど。

「ベルティーユ妃殿下。質問しても、よろしいでしょうか？」

今度はローベルトが話しかけてきた。

「何かしら？」

「あなたはなぜ、そこまでなさるのです？」

「そこまで、というと？」

「国の問題に、真正面から挑《いど》もうとしていらっしゃる。本来ならば、そんなことは気にせず楽しく暮らすことを許された身分であるというのに」

「そんなの、ヴォルヘルム様との幸せな新婚生活のために、決まっているじゃない」

別に、平和のためとか、国民のためとか、大きなことがすべての原動力になっているわけではない。わたくしは単に、ヴォルヘルム様との新婚生活を、いち早く始めたいだけだ。

「それと、ヴォルヘルム様には、綺麗な玉座《ぎょくざ》についてほしいの。そのために、穢《けが》れたものはすべて排除しないといけないのよ。そしてわたくしは、綺麗な玉座《ぎょくざ》についたヴォルヘルム様の隣に立ちたい」

わたくしは自分の望みを叶えるために、動いている。もちろん、国民の幸せを祈り、皇族の一員として正しい方向へ導くよう、努《つと》めている面もあるけれど。

「これで、納得いただけたかしら？」

眉間《みけん》に皺《しわ》を寄せて話を聞いていたローベルトは、しばらく考えてからコクリと頷《うなず》いてくれた。

わかってもらえたようで、ホッとする。

「さて、明日から忙しくなるわよ」

まずは、サロンの活動費を勝ち取らなくてはならない。いずれは自分達でまかなえるようにするつもりだが、初期費用はどうしても必要になる。

果たして、バルトルトはどういう反応を示すのか。楽しみだ。

挿話　フロレンの活動報告　その五

「では、おやすみなさい、フロレン」

「おやすみなさいませ、ベルティーユ妃殿下」

一日の任務を終え、ヴォルヘルム殿下のもとへ向かった。

ベルティーユ妃殿下には驚かされてばかりだ。今日も、エレンディール皇后の潔白を信じた上に、仲間に引き入れてしまった。本当に、あの御方は尊《とうと》い。太陽のような女性だ。

一連の報告を終えると、ヴォルヘルム殿下も同意を示す。

「本当に、今日のことは驚いた」

エレンディール皇后が無実の可能性があるとは、想像もしていなかった。

「今まで調べた証拠は、皇后に罪を被《かぶ》せるために誰かが作ったものである可能性もあるね」

「そう、ですね……」

今日、ベルティーユ妃殿下がラピスラズリ宮を訪問した際、私は部下に毒草園を調べさせた。その結果、過去にヴォルヘルム殿下に盛《も》られた毒がいくつも発見された。

「皇后を追いつめる証拠が揃ったと思っていたが、調査はふりだしに戻ったかもしれない」

「ですね」

それもこれもベルティーユ妃殿下が、エレンディール皇后は無罪であると考えたからだ。

「誰かが、エレンディール皇后に罪を着せている……」

皇后は怪《あや》しい行動を繰り返した上に、否定しなかったので、犯人だと思い込んでいたのだ。

「最初から皇后を疑っていたせいで、真犯人の暗躍《あんやく》が見えていなかった」

「ええ」

「私も、こそこそと隠れている場合ではないのかもしれないね。このままでは、ベルティーユが矢面《やおもて》に立ってしまう」

このままではいけない。それは、私も考えていた。

ベルティーユ妃殿下の行動が、変化をもたらしている。はじめは、大きな湖に落とされた一粒の雫《しずく》のように小さなものかもしれない。けれど、いずれ大きな波紋となって、湖全体に影響を与えるだろう。

これから、シトリンデール帝国はどう変わっていくのか。

わからない。

私ができるのは、ベルティーユ妃殿下をお守りすることだけだ。

第六章　剣を抜き、突きだす

翌朝――ヴォルヘルム様から届いた手紙に、わたくしは身悶《みもだ》えていた。

私の可愛いベルティーユへ
おはよう。昨日はよく眠れたかな？　昨晩、君が夢に出てきたよ。

髪を三つ編みにして若草色のリボンを揺らしながら、私に微笑みかけてくれたんだ。

一緒に馬を駆ってピクニックに出かけ、ベルティーユは私にサンドイッチを食べさせてくれた。

これ以上、幸せな時間はないというくらい、素晴らしい夢だった。

正夢になってくれたらいいな。

今すぐ会いたいけれど、後の楽しみに取っておくことにしよう。

ベルティーユ、心から、愛している。

いつか、直接言える日が来ることを願っているよ。

ヴォルヘルム

尊《とうと》すぎるので、しばし手紙を抱きしめる。

若草色のリボンとは、十二歳の誕生日にヴォルヘルム様がプレゼントしてくれたもののことだろう。

「うふふ……」

手紙を読み返しては、笑い声を漏らしてしまう。

心配そうな目を向けてくるフロレンを、紅茶を飲んで誤魔化《ごまか》した。

朝食を食べてしばし休憩した後は、ルビー宮に向かう。

本日は戦いがあるので、戦闘装束《しょうぞく》を纏《まと》っている。赤い髪リボンに、赤い口紅に赤いドレス。そして、赤い宝石のついた首飾りに、赤い扇《おうぎ》、赤い靴――という、全身赤色の装《よそお》いだ。赤はわたくしにとって勝負に勝てる色なのだ。

戦いというのは、バルトルトから予算を引き出すこと。なんとしてでも、『竜貴婦人の会』の活動費を勝ち取る必要があるのだ。

そのため、気合いを入れて、バルトルトを訪ねたのだが――

「……何？」

彼は今日もつっけんどんだ。皇太子妃であるわたくしが来たというのに、机に座って仕事を続けていて、こちらを見もしない。相変わらず、顔色は悪いし、目の下に濃いクマがあった。心配になるほど、不健康そうだ。

「わたくし――」

「待って。そこの番犬をここから出せ。でないと、話したくない」

バルトルトが番犬と言ってペンで示したのは、フロレンである。以前、彼女に無礼者だと言われたことを、気にしているのかもしれない。

「私は、ベルティーユ妃殿下のおそばを離れるわけには――」

「フロレン、下がって。ここはバルトルトの執務室だから、彼の言う通りにしましょう」

「しかし、彼がおかしな行動に出たら――」

「その時はあなたを呼ぶし、思いっきり噛みつくわ。お願い、言うことを聞いて」

「……わかり、ました」

渋々《しぶしぶ》頷《うなず》き、フロレンは執務室から出て行った。これで、バルトルトと二人きりだ。

バルトルトはふーっと、長いため息をついた。

「それで？」

「朝一で先触れを送ったのだけれど、もしやお読みにならなかったの？」

「いや、読んだが――その件か」

「ええ。わたくしがサロンを開く初期費用を、予算から出していただきたいの。もちろん、いずれ全額お返しするわ」

「エレンディール皇后の件はどうなった？」

「皇后陛下も、わたくしのサロンに入ってくださると言ってくれたのよ」

バルトルトは話をしている間も書類にペンを走らせていたが、ピタリと動きが止まった。

「魔法でも、使ったか？」

「いいえ。直接、誘いに行っただけ」

エレンディール皇后がサロン入りしたことで、『竜貴婦人の会』はさらなる発展を遂《と》げる可能性もある。

現在、参加希望者は二百名と少し。一度に全員を招くのは難しいので、まずは影響力が高い人を招く。後は身分や影響力に関係なく、さまざまな人を招くという形を取る予定だ。

「茶会一回を開くために、どれだけの費用がかかるか、知っているか？」

「もちろん。わたくし、経理の仕事を手伝ったことがあるの」

「……へえ、それはすごい」

「別に、すごいことでもなんでもないわ。わたくしの国は、女性文官もほどほどにいるし」

「そうか」

一方、シトリンデール帝国には女性文官が一人もいない。女性の社会的地位は、圧倒的に低い。

「つまりあなたは、マールデール王国の決算情報を握っているというわけか」

「それが、どうかしたの？」

「決算について教えてくれたら、予算について考えてみてもいい」

ここで初めて、バルトルトはわたくしを見た。値踏みするような視線だ。

「そんなこと、できるわけがないでしょう？」

なにせ国家機密である。そうホイホイ教えられない。

「それ以外なら、わたくしにできることはなんでもするわ」

「じゃあ、キスでもしてもらおうか。もちろん、唇に」

「は？」

意味がわからず、問い返した。

「ベルティーユ妃殿下のキスと交換で、予算を出そう。茶会一回につき、キス一回だ」

「あなた、何を言っているの？」

「でも、予算が欲しいんだろう？」

バルトルトは勝ち誇ったような笑みを浮かべる。非常に憎《にく》らしい。

「ヴォルヘルム様以外の男性とキスなんて、できるわけがないわ」

わたくしがそう言うと、彼はいやらしく笑みを深めた。

――この人はわたくしとキスをしたいわけではない。わたくしが了承しないとわかっているから、こんな提案をしたのだ。

「キスの一つくらい、安いものだろう？」

安いものであるわけがない。ヴォルヘルム様とだって、キスをしたことがないのだ。どうしてバルトルトに初めてを捧《ささ》げられようか。断固拒否である。

黙っていると、バルトルトが急《せ》かしてきた。

「どうする？」

「無理よ」

「だったら、交渉は決裂だ」

バルトルトは扉を指さし、出て行くように示す。しかし、ここで引き下がるわけにもいかなかった。

『だったらわたくしも、皇后陛下みたいに毒草園でも作って、資金稼《かせ》ぎをしようかしら？」

「毒草園？」

「ええ。毒草は薬としても使えるの。誰も育てたがらないから、高値で売れるそうよ」

毒草の中には、触れただけで火傷《やけど》のように肌がただれるものや、人を昏倒させる毒を放つ毒草もあるとか。

「もしも、わたくしが毒草に侵《おか》されてしまったら、バルトルト・フォン・ノイラートが予算をくれなかったから……と恨《うら》み言《ごと》を言うわ。皇帝陛下の前で」

バルトルトは舌打ちをした。わたくしは、さらに追い打ちをかける。

「それから、『皇太子妃であるわたくしに、キスをするように強要した』と訴《うった》えるわ」

「強要した証拠はない」

「皇太子の副官が皇太子妃に迫《せま》るなど、とんだスキャンダルよ。証拠がなくたって、皇帝陛下も無視できないはずよ。いずれにせよ、あなたは困るでしょうね」

「小賢《こざか》しいヤツ」

バルトルトは吐き捨てるように言い、机の引き出しから一枚の書類を出すと、サラサラとペンを走らせた。

「……ほら、お前の望むものだ」

「まあ！」

どうやら、バルトルトは折れてくれたようだ。脅すような形になってしまったが、そうでもしないと、このひねくれ者から予算を引き出すことはできなかっただろう。

「ありがとう、バルトルト」

書類を受け取る際、わたくしは体を屈《かが》めてバルトルトの頬にキスをした。

「——なっ⁉」

バルトルトは頬を手で押さえ、わたくしを見上げる。

「何をするんだ！」

「何って、あなた、わたくしにキスしてほしかったのでしょう？」

わたくしがにっこりと微笑むと、バルトルトの青白い肌に赤みがさす。

「あなたも照れることがあるのね」

「う、うるさい！　ここから早く、出て行って！」

「はいはい……ん？」

ふと、バルトルトに対し違和感を覚える。

「今度は何？」

「いえ、先ほどの怒ったような言い方が、クリスティアン様にそっくりだったの」

「は？」

目を凝《こ》らしてバルトルトを見る。そういえば、顔つきがクリスティアン様に少し似ているような気がした。

「あなた、もしかして皇后陛下とも血縁関係にあるの？」

「そんなわけないだろう」

「う〜〜ん。見れば見るほど似ているような」

「誰に似ているからなんだと言うんだ。心底どうでもいい」

「ごめんなさい。なんだか、気になってしまって……。忘れてちょうだい」

目的のものは入手したので、さっさと執務室から出た。

扉の向こうで待機していたフロレンに、バルトルトからもらった書類を見せる。

「万事、上手くいったわ」

「お疲れ様です」

予算を搾《しぼ》り取れるか心配だったけれど、なんとかうまくいった。

それにしても、バルトルトに可愛げなどないと思っていたが、そんなことはなかった。頬にキスしたくらいで真っ赤になるなんて、意外と純情だ。


サファイア宮に帰ると、今夜開かれる親善パーティーの準備に取りかかった。

親善パーティーとは、参加国の王族及び皇族が集まり、さまざまな意見交換を行《おこな》うことを目的に開催されるものだ。

エレンディール皇后とクリスティアン様は不参加だと事前に聞いていたのだけど、今朝起きてすぐに、一緒に行かないかとダメもとで誘ってみた。すると、『是非』と返事をくれたのだ。二人は今まで、人の目を気にして公式行事にはあまり参加しないようにしていたが、これからはなるべく顔を出したいという。

素晴らしい心境の変化だと思う。

わたくしは上機嫌で、バルトルトと戦った赤の戦闘ドレスを脱ぐと、濃紺のサテンドレスを着た。袖口や裾に白いフリルがあしらわれた、可愛らしい一着である。

ドレスの上から憲章《サッシュ》を巻いて、アメシストのブローチで留めた。

そこでエミリアがリボンの入った木箱を持ってきて、わたくしに尋ねる。

「ベルティーユ妃殿下、髪をまとめるリボンはどうなさいますか？」

「そうね……」

ドレスが濃い紺色なので、なるべく明るい色がいいだろう。目に入ったのは、ヴォルヘルム様が贈ってくださった若草色のリボン。

若草色ならば、紺色のドレスとの相性もいいかもしれない。

「これにするわ」

「かしこまりました」

エミリアは細い櫛《くし》を使って器用に髪をまとめ、低い位置で一本の三つ編みを編んでくれる。解《ほど》けないよう、リボンでしっかり結んだら完成。

わたくしは三つ編みの先端を摘《つ》まみ、結んだリボンを鏡に映してみる。結構似合っているのではないか。

ヴォルヘルム様にお見せしたいけれど、今日は無理だろう。

そんなことを考えていると、フロレンも身支度を終えてやってきた。今日は公式行事なので、白の正装姿である。

『ベルティーユ妃殿下、そろそろお時間かと』

「ええ。行きましょう」

親善パーティーの会場は、ダイヤモンド宮だ。各国の王族、皇族だけでなく、各国の要人も参加するようで、ダイヤモンド宮に続く道は混雑していた。

ようやく中に入ると、エレンディール皇后の使いの者達に連れられ、客間まで移動する。

『皇后陛下は、もういらっしゃっているのね』

『はい。一時間ほど前から、待機しております』

「あら、ずいぶんとお早かったのね」

機嫌を損ねていませんようにと心の中で願っていたが――客間には、やさぐれた表情で長椅子に座る親子の姿があった。

「まさか、一時間も待たされるとはな」

「母上と二人、死ぬほど退屈だったぞ」

エレンディール皇后とクリスティアン様は、大変暇を持て余していたそうだ。

「申し訳ございません。道が混んでいまして」

「道の混み具合を想定して参加するのが、普通だろう」

「そうだ。なぜ、もっと早く出発しなかった」

エレンディール皇后とクリスティアン様は揃って、腕を組んで眉間《みけん》に皺《しわ》を寄せている。怒り方がそっくりで、なんだか微笑ましい。

「本当に申し訳ありませんでした。わたくし、嫁《とつ》いできてまだ日が浅く、シトリンデール帝国の宮廷での常識を知らないのです。よろしければ、教えていただけませんか？」

そう頼むと、二人はまんざらでもなさそうな表情になった。

「仕方がないヤツめ」

「まあ、確かに言い分は理解できる」

親善パーティーが始まるまで、わたくしは宮廷の常識を教えてもらう。

そうこうしているうちに、親善パーティーの時間になり、会場に誘導された。王族及び皇族は、入場と同時に名前が呼ばれる。

「皇太子妃、ベルティーユ様！」

フロレンを後ろに従《したが》え、会場に入る。

ワッと歓声に包まれた。拍手の音も大きい。参加者は三百人以上いそうだ。

続いて、クリスティアン様とエレンディール皇后が姿を現すと、どよめきがあがりつつ拍手喝采《かっさい》。

今まで公式行事にほとんど姿を見せなかった親子が参加したので、驚いているのだろう。

最後に登場したのは、皇帝陛下。

皇帝陛下の半歩後ろを、バレンティンシアが歩く。

その時、あれ、と違和感を覚えた。今、一瞬、バレンティンシアがわたくしを見て笑った？

朗《ほが》らかな微笑みではない。嘲笑《ちょうしょう》と表現したらいいのか――

しかし、瞬《まばた》きをしてから改めて彼を見ると、いつもの人畜無害な笑みを浮かべていた。

見間違いだったのか。首を傾《かし》げていたら、背後から誰かに話しかけられる。

「いやはや、楽しい親善パーティーになりそうですね」

「ええ、本当に、って――あなたは！」

わたくしのそばに気配なくやってきたのは、美声神官フォルクマーだった。

目が合うと、彼は眼鏡のブリッジを押し上げ、意味ありげな微笑みを浮かべている。

『あなた、どうしてここに？』

『異国の方との通訳者として、ベルティーユ妃殿下につくように命じられておりまして』

「誰に？」

「誰、だったか……」

フォルクマーは明後日《あさって》の方向を見る。この様子から推測するに、通訳なんて嘘なのだろう。わたくしに声をかけるために嘘をついたに違いない。

「すみません、年を取ると記憶が曖昧《あいまい》になりがちで」

けろっとして言うフォルクマー。

フロレンが、フォルクマーを追い払おうかと、視線で尋ねてきた。

フォルクマーくらい、わたくし一人でどうにかできる。大丈夫だと、フロレンに手で示した。

「それにしても、真っ先にわたくしに声をかけるなんて、変わっているわ」

「そうでしょうか？」

教会派である彼がわたくしと一緒にいたら、変な目で見られないか。それに、フォルクマー自身も人脈を広げなくてもいいのだろうか。

「ねえ、あなた。わたくしといても大丈夫なの？」

「大丈夫ですよ。なんせ、通訳を務めなければなりませんからね」

通訳者を務めるという設定は、貫くようだ。続いて、二つ目の質問をしてみる。

「あなたは、個人的な人付き合いはしなくてもいいの？」

「この空間の中で、私が個人的にお付き合いしたいのは、ベルティーユ妃殿下だけですので」

今度はわたくしが明後日《あさって》の方向を見て、聞いていないフリをした。

「そもそも、通訳など必要ないわ。わたくし、主要諸国の五ヵ国語はマスターしているから」

「さすがです！　そこまで教養がおありだとは」

「あなたは、何ヵ国語を喋《しゃべ》ることができるの？」

「十ヵ国に、犬語と猫語をほんの少し嗜《たしな》む程度です」

突然冗談を言われ、思わず笑ってしまった。

「犬語と猫語って、なんなの、それ！」

「たまに、神官長の飼育されている犬様と猫様のお世話を命じられることがあって、その時に習得

しました」

「ふふ……っ！」

ダメだ。涙が出るほど面白い。

「よかったです。お元気そうで」

「え？」

「表情が翳《かげ》っているように見えたので」

「そう、だったのね」

バレンティンシアの意味深な笑顔を見て胸がざわついたのが、顔に出てしまったらしい。

わたくしのことを気遣ってくれたようだ。

「ありがとう。あなたの話のおかげで、久々に大笑いしたわ」

「私も、顔をくしゃくしゃにして笑う可憐なベルティーユ妃殿下を拝見できて、よかったです」

「くしゃくしゃって……ぜんぜん褒めているように聞こえないのだけれど」

「最大の賛辞のつもりでしたが」

わたくしは思わず半目になってしまった。

一瞬いい人かと思ったが、気の迷いだった。やはり、いけ好かない男だ。

「しかし、ベルティーユ妃殿下に通訳は必要ないみたいですね」

「そうね。今日は、大丈夫そう」

「でしたら、私はここで失礼を」

「ええ、さようなら」

そんな話をしているうちに、全員に飲み物が配られた。

皇帝陛下がご挨拶《あいさつ》のあと、乾杯の音頭《おんど》を取る。ついに親善パーティーの始まりだ。

さて、どうしようかと考えていたら、見知らぬ人々に囲まれてしまった。

最初に話しかけてきたのは、口元に立派な髭《ひげ》をたくわえた異国の大臣である。

「ベルティーユ妃殿下、ご結婚おめでとうございます」

「ありがとう」

「大々的な結婚式だったようで」

確かに大々的だったが、ヴォルヘルム様は不在で、わたくしはずっと一人だった。

歴史に残る、寂しげな結婚式かもしれない。

そんなことを考えていると、大臣はペラペラと話し続ける。それにしても、調子のいいうわべの話ばかりだ。いったい、何を話したいのか、まったく見えてこない。

こういう時は、回りくどいことはせずに、ズバリと聞いたほうがいいだろう。

「そろそろ、本題を聞かせていただける？」

「ああ、申し訳ありません」

異国の大臣は、マールデール王国と鉱物の取引をしたいらしい。

「まあ。それはわたくしではなく、お父様に言っていただかないと」

「しかし、本国の者達が乗り気ではなくて」

「でしたら、みなさんを説得されるのが先決ですわ」

意見がバラけている相手と取引したい国などない。

「ですが、時間の無駄だと思い――」

「異国の言葉には『急がば回れ』というものがあるのだけど、ご存じ？」

「はて、それはどのような意味で？」

急がば回れ――危険な近道よりも、遠くても安全な道を通るほうがいい。そのほうが、早く目的を達成できる可能性が高い、という言葉だ。

わかりやすく説明してあげたつもりだが、異国の大臣はぽかんとしていた。

わたくしは、ため息を一つこぼす。

「国の仲間達の理解と協力を得て、マールデール王国へ親書を送り、信頼関係を築く。そうした手順を踏んで初めて取引が成立するという仕組みは、あなたも理解しているわよね？」

「ええ、もちろんわかっております。ただ、ベルティーユ妃殿下に、特別に口利きしていただけないかなと、思った次第でして」

もちろん、口利きは無償《タダ》ではないという。

「最高級の絹製品を届けさせましょう」

わたくしは首を横に振った。

「わたくしはシトリンデール帝国に嫁《とつ》いだ身。マールデール王国へ口利きできる立場ではないわ。それに、勝手なことをしては、あなたが祖国で反感を買うことになると思うの」

「しかし、成功すれば、話は別かと」

これだけ言っても意図をくまない大臣に、少し呆れた。

わたくしは開いていた扇《おうぎ》を、手のひらに打ちつけて閉じる。パン！　と大きな音が鳴った。

大臣は目を丸くする。

「ここまで言ってもわからないのならば、取引は成功しないかと。父は、察しの悪い御方との付き合いは好まないので」

そこまで言ってやっと、異国の大臣は頭を下げて立ち去った。

ちょっと、やりすぎたかしら。しかし、他にも似た話を持ちかけようとしていた人がいるはずだ。よい牽制《けんせい》になっただろう。

これで、周囲から人がいなくなると思いきや、皆、興奮した様子で話しかけてくる。どうやら、さっきのやり取りは牽制《けんせい》にならなかったらしい。

ある程度挨拶《あいさつ》が終わったら、皇帝陛下とエレンディール皇后、クリスティアン様のいるところに戻った。

エレンディール皇后は堂々としていたが、隣に腰かける皇帝陛下は居心地が悪そう。

わたくしも椅子に腰かける。

すると、隣に座るクリスティアン様が、好奇心旺盛《おうせい》な瞳を向けてきた。

「お前、異国の大臣をやっつけてしまったようだな」

「別に、やっつけたわけじゃないわよ」

クリスティアン様はぐっとわたくしに近づき、コソコソと教えてくれた。

「でも、あの大臣は困った人だったたと、さっき父上がおっしゃっていた」

なんでも彼は、知り合いの伝手《つて》を使い、今日みたいな親善パーティーに潜《もぐ》り込んでいるらしい。

「あそこの国、内乱が多くて、情勢も荒れているんだ。あまり、付き合いたくない相手なんだってさ」

しかし、どこの誰が引き入れているかわからないので、手の施《ほどこ》しようがないという。

会場を見回していると、例の異国の大臣を発見する。今度は隣国の第五王子様に話しかけていた。

相手の迷惑そうな表情で、話の内容はなんとなく察せられる。

彼らの近くに、フォルクマーがいた。目が合ったので、ここに来るように手招きする。

「お呼びでしょうか？　ベルティーユ妃殿下」

人目を避け、フロレンを連れて会場に置かれた衝立《ついたて》の向こう側へ誘った。

そこには軽食とお茶が用意されている。フォルクマーと話をするため、わたくしは待機していた侍女を人払いした。

「あなた、あそこで何をしていたの？」

「隣国の第五王子様は顔見知りでして、ご挨拶《あいさつ》をと思ったのですが、先客がいらしたので待っていました」

「そう」

あの異国の大臣、なんだか気になる。

国名はデンタロートだったか。絹製品が有名なところで、高値で取引されている話は聞く。だが、近年は内戦の影響で産業が滞《とどこお》り、絹の生産量も減っているのだとか。

あの大臣の情報を集めるならば、今しかないだろう。しかし、わたくしは動けない。フロレンも同様で、ローベルトは本日休みだ。

こういうのは、世渡り上手で飄々《ひょうひょう》としている人の方が得意だろう。わたくしの仲間にそのようなことを得意とする人はいない──が、目の前にちょうどいい人材が立っていた。

「ベルティーユ妃殿下、難しいお顔をして、いかがなさいましたか？」

フォルクマーは最高に胡散臭《うさんくさ》く、信用に値《あたい》しない人物のように思える。彼の目的はいまだにはっきり見えない。敵である可能性は大いにあった。

しかし、今日のような機会は滅多《めった》にない。わたくしは賭《か》けに出た。

「フォルクマー・フォン・コール。あなた、わたくしに忠誠を誓う気はある？」

「それは？」

「教会を捨てて、わたくしの臣下にならないか、という意味よ」

「どうして、私にそのようなことを？」

「あなたの類《たぐい》まれなる腹芸を見込んでのことよ」

フォルクマーはハッとし、瞳をウルウルと潤《うる》ませた。

「ああ、なんという……」

そして、勢いよく跪《ひざまず》く。

「私の女神。永久に、忠誠を誓います」

フォルクマーはあっさりと、わたくしに忠誠を誓った。

彼は敵か味方か、あやふやな立場だ。だったら、味方に引き入れたほうがいいだろう。

わたくしも、腹を括《くく》ることにする。

フォルクマーへ手を差し出すと、そっと指先を掬《すく》われ、誓いの口付けをされた。

「さっそくで悪いけれど、先ほど隣国の第五王子様とお話ししていた大臣が、誰に招かれてここに来たのか、調べてほしいの」

たぶん、シトリンデール帝国に厄災をもたらそうとしている者と、繋がっているはずだ。

フォルクマーに先ほどあったことと、クリスティアン様から聞いた話を伝えた。

「なるほど。確かに、彼は怪《あや》しい」

「お願いできる？」

「報酬《ほうしゅう》は？」

「え？」

「もしも成功したら、ご褒美をいただきたいなと」

忠誠を誓ったくせに、働きに対して報酬《ほうしゅう》を要求するとは……

その厚かましさに少し呆れ、言葉を失う。

「ベルティーユ妃殿下。忠誠など、薄っぺらいものだと思いませんか？」

「……そうね。感情だけで動く場合は、気持ちしだいで裏切られる可能性もある。だったら、利害関係があったほうがわかりやすいわ」

「ご理解いただけて、感謝します」

理屈はわかった。しかし、フォルクマーに主導権を与えるわけにはいかない。

「わたくしの祖国であるマールデールの宝飾類でよろしければ、お好きなものを一つあげるわ。これで満足？」

「いえ、私が望むのはそんなものではありません」

マールデールの名産品を、そんなものと一蹴するとは、失礼な男だ。カチンときて厳しい口調になってしまう。

『じゃあ何が欲しいというの。変なものを望んだら、フロレンが黙っていないわよ』

一応、バルトルトとの一件があったので、牽制《けんせい》しておく。

『そうですね。成功した暁《あかつき》には、今日、身につけている若草色のリボンをください」

「え？」

想定外のことを言われ、目が点になった。

リボンが欲しいですって？

「こ、これは――ダメ」

「おや、どうしてですか？」

「ヴォルヘルム様に見ていただきたくて、結んでいたの。でも、まだ見ていただけていないから。他のリボンでもいい？」

これはヴォルヘルム様からの贈り物だ。渡すわけにはいかない。しかし、そう素直に言うのは逆効果になりそうだ。

「いいえ、そちらの若草色のリボンがいいのです」

「これじゃないと、いけないの？」

「はい。綺麗だと思ったので。会場にいらっしゃった際、リボンが揺れている様子が、新緑の葉が風の中を舞っているように見えたのです。あのように、リボンを美しく動かす人は誰なのかと思っていたら、あなた様だった。あなた様をすぐに手に入れることは難しいので、せめてリボンだけでも、と」

その言葉に、は〜〜っとため息をつく。

「これは大切なものだから、あげられない。その代わりに、わたくしがあなたと一曲踊るのはどう？　リボンが揺れているところをもっと見られるわ」

「それは——素晴らしい。そんなこと、思いつきもしませんでした」

フォルクマーは予想以上に食いついてきた。

「では、成功の暁《あかつき》には、私とベルティーユ妃殿下がダンスをするということで、お願いいたします」

「ええ、わかったわ」

「夢のようなご提案に、感謝します」

フォルクマーは立ち上がり、深々とおじぎをすると、人混みにまぎれていった。

それを見て、わたくしは安堵《あんど》の息をふ～～っと吐く。

「なんだか、疲れたわ」

「お疲れ様です。しかし、驚きました。コール卿を仲間に引き入れるなど」

フロレンは戸惑《とまど》ったように言った。

「正直信用できる人ではないけれど、今日、異国の大臣から情報を聞き出せるのは彼しかいないと思って」

『そうですね』

この判断が吉と出るか、凶と出るか。

フォルクマー・フォン・コールは、相変わらず食えない男だ。正直、今後一切、関わり合いにはなりたくない。皺《しわ》が寄った眉間《みけん》を揉《も》み解《ほぐ》し、再び息を吐く。

「ベルティーユ妃殿下、いかがなさいましたか？」

「いえ、その……。わたくしね、バルトルトかローベルト、フォルクマーの三人の誰かが、ヴォルヘルム様の変装した姿だと考えていたの。でも改めて、フォルクマーは一番ないなと思って」

『どうしてですか？』

「ヴォルヘルム様と重なる部分がないから、かしら？」

幼少期のヴォルヘルム様は、大人しくて大変照れ屋だった。ローベルトと重なる部分がある。

バルトルトも正直ないと思っているけれど、ヴォルヘルム様の腹違いの弟君であるリス君に、顔つきや雰囲気、声が似ている。

「けれど、フォルクマーだけは、そういうのを一切感じないというか」

あの独特な感じは、演技して作れるように思えない。

「あれが演技だとしたら、わたくしはヴォルヘルム様に、主演俳優賞を差し上げなくてはいけないわ」

「そうですよね」

そばにあるテーブルに置かれたクッキーを一枚食べ、ワインで流し込む。

衝立《ついたて》の裏でのんびり過ごしている場合ではない。

会場に戻ると、各国の姫君が三人集まっていることに気づいた。

フロレンに尋ねると、それぞれの名前と出身国を教えてくれる。

金髪を立て巻きにした姫の名はアンリエット——隣国ティークエイルのご出身。兄である第五王子と共にいらっしゃったようだ。シトリンデール帝国との仲は良好で、同盟国の中でも繋がりが強い。

赤銅《しゃくどう》色の髪の姫はメリアローズ——お隣の大国ジルーニアのご出身。シトリンドールとは長きにわたって同盟を結んでいて、関係は良好だ。

銀髪の姫はリリエンドール——公国マキノワールのご出身。小さな国だけれど、紅茶が有名で世界有数の観光地として栄《さか》えている。最近、シトリンデールの同盟国となった。

皆、わたくしと同じ十八歳だ。同い年というよしみもあるし、はるばる来てくれたので挨拶《あいさつ》をしておかなければ。

「皆様、ごきげんよう」

声をかけると、皆一斉に顔を逸《そ》らした。しかも扇《おうぎ》で顔を隠し、何も見なかったかのように振る舞っている。

……え～っと、これはいったい？

わたくしが声をかけた途端様子が一変したのだから、声が聞こえなかったわけではないだろう。

つまり、彼女らはわたくしを無視したということになる。

いったいなぜなのだろうか。わからないが、このまま引き下がるわけにもいかない。

わたくしはシトリンデール帝国の皇太子妃である。わたくしが無視されたということは、シトリンデール帝国が軽んじられたということでもあるのだ。

周囲の人達からの視線を感じる。わたくしがどう出るのか、見ているのだろう。もしもこの件を誰かが皇帝陛下のお耳に入れたら、三ヵ国との関係にもヒビが入る。三名のお姫様達は、それがわかっていないのかもしれない。

しかし、誰にでも失敗はある。もう一度、声をかけてみることにした。

「ティークエイル国のアンリエット様、ジルーニア国のメリアローズ様、マキノワール国のリリエンドール様、ごきげんよう」

よく聞こえるように、大きくはきはきとした声で呼んでみた。これで、聞こえなかったということはないだろう。

しかし――ダメだ。皆、わたくしに背を向けたまま、黙り込んでいる。

こんなことは初めてだ。いったい、わたくしが何をしたというのか。

振り返ると、フロレンは困った表情を浮かべていた。扇《おうぎ》で口元を隠し、小さな声で尋ねてみる。

「ねえフロレン、わたくし、何か間違った対応をしたかしら?」

「いいえ、作法に則《のっと》ったものだったと。問題があるとしたら、あちら側です」

どうしたものか。

困っていると、皇帝陛下の侍従がやってきて、フロレンに声をかけた。

「レプシウス卿、少しよろしいですか」

「ええ」

すると皇帝陛下の侍従が、フロレンに耳打ちする。

「ああ――なるほど」

彼女が頷《うなず》くと、侍従は立ち去った。今度はフロレンがわたくしに耳打ちする。

「実は、ジルーニア国のメリアローズ姫は、ヴォルヘルム殿下の婚約者候補だったらしいのです」

「そういうことね」

メリアローズ姫は、わたくしのせいでヴォルヘルム様と結婚できなかったと考えているのだろう。

きっと複雑な気持ちでいるに違いない。わたくしと話したくないのも納得だ。

気持ちはわかる。もしもヴォルヘルム様が他の女性と結婚したら、わたくしだって、悔しさや悲しみ、切なさで胸がいっぱいになり、たまらないだろう。

しかしそれでも、わたくし達は、ただの女性ではない。一国の名を背負った主君の血族なのだ。

個人の感情で動くことは、あってはならない。恋心が大事なのはわかるけれど、この行為はあまりにも浅慮。きっと、皇帝陛下のお耳にも入るだろう。

このままでは、彼女の父親に抗議文が送られてしまう。なんとかしなければ。

わたくしは一歩踏み出し、リリエンドール姫の腕を掴んだ。

「ねえ、リリエンドール様。ここではなんだから、別室でゆっくり話さない？」

リリエンドール姫の表情は強張《こわば》り、肩がかすかに震える。そしてわたくしを押し返そうとした。

無駄な抵抗はやめたほうがいい。小さな声で、やんわりと警告しておく。

「あなたは、わたくしの味方になっていたほうがいいわ。お父様の首が大事ならば」

「ひっ！」

リリエンドール姫は目を潤《うる》ませ、コクコクと頷《うなず》いた。わかっていただけたようで何よりだ。

「他の皆様も、いかが？」

三度目の声がけを試みる。

アンリエット姫がこちらに来たそうな視線を向けると、メリアローズ姫が彼女の腕を掴んだ。無言の圧力である。

恋とは時に、人を愚《おろ》かにしてしまうのだろう。わたくしだって、ヴォルヘルム様のことを考えて、ぼんやりすることがある。

しかし、今は公式行事の場で、多くの人の目があるということを自覚してほしい。

「アンリエット姫、あなたの国から取り寄せた、チョコレートがあるの。一緒に食べましょうよ」

わたくしがそう言うと、アンリエット姫はメリアローズ姫の拘束から逃《のが》れ、こちら側に立った。

あとは、メリアローズ姫を懐柔《かいじゅう》するだけだが――

「あの、メリアローズ姫……」

やっと、メリアローズ姫がわたくしのほうを向いた。しかし次の瞬間、メリアローズ姫は給仕の持つ盆からワイングラスを掴み取った。

ああ、ワインをかけられてしまう――

そう思った瞬間、フロレンが庇《かば》ってくれた。

「ベルティーユ妃殿下！」

彼女の白い正装が、ワインの色に染まっていく。

「あなた、何をするの？」

「何をするの、じゃなくってよ！　この、泥棒猫!!」

お決まりのセリフを叫ぶメリアローズ姫。

「なんて、愚《おろ》かなことを」

「だって、あなたのせいで、ヴォルヘルム様は――」

「その話、実に楽しそうだ。私にも聞かせてくれぬか？」

わたくし達の間に割って入ってきたのは、エレンディール皇后。いつもの悪女顔で、メリアローズ姫に微笑みかける。

それはまるで、人食い魔女が獲物の少女を見つけたみたいな雰囲気だ。

「何やら、盛《も》り上がっているように見えたのでな。私も、仲間に入れてくれ」

エレンディィール皇后はメリアローズ姫の肩を抱き、強制的に移動させる。わたくし達も、あとに続いた。


客室に着くと、エレンディィール皇后は優雅に紅茶を飲みはじめた。彼女の隣にわたくしが腰かけ、向かいの席にリリエンドール姫。アンリエット姫、メリアローズ姫が座っている。

三人の姫君はぶるぶると震え、縮こまっていた。

『――さて、メリアローズ姫、そなたのしたことの重大さに、気づいているだろうか？』

『そ、それは……』

さすがのメリアローズ姫も、エレンディィール皇后を無視することはできないのだろう。わたくしの方も、無視せずにまっすぐ見るようになった。

このままではいけないと思ったのか、メリアローズ姫は反省の意を示す。

「わ、悪かったと、思っています。汚してしまった服は、弁償しますので」

「そういうことではない」

エレンディィール皇后はギロリと、凄《すさ》まじい悪女顔でメリアローズ姫を睨《にら》みつけた。

するとメリアローズ姫はポロポロと涙をこぼす。

「泣いて済む問題ではない。まずは、ベルティィーユ妃に謝罪するのが先であろう」

「あ、その、無視して、申し訳、ありませんでした」

「謝っていただけたので、わたくしはもう構わないのですが」

「ありがとう、ございます」

「問題は、国のほうね」

「く、国？」

メリアローズ姫は弱りきった目で、わたくしを見る。

「ええ。あなたは、公式の場でわたくしを軽んじるような行為を取ったわ」

「それは、今、謝罪を受け入れていただけたのでは……？」

「ええ。わたくしは許したわ。でも、国はそうじゃない」

メリアローズ姫はきょとんとする。自分の犯《おか》したことがどういうことか、まったくわかっていないようだ。

「わたくしは個人である前に、皇太子妃という立場にあるの。国を象徴する存在でもあるわ」

そんなわたくしを、メリアローズ姫は無視した。それは、シトリンデール帝国そのものをぞんざいに扱ったということになる。

ここまで説明すると、彼女はやっと自《みずか》らの失態を理解した。

「わ、私は、そんなつもりはなくて……」

「ええ、わかっているわ。ただ感情に身を任せ、国の代表として来ていることを、失念していた」

メリアローズ姫はぐっと言葉に詰まる。

「けれど、それは許されることではないわ。たとえわたくしが許しても、皇帝陛下がどう思われるか……」

　彼女は頭を抱え、震えながら涙を流した。

「あなたの愚《おろ》かな行為が、国や王族の誇り、国民の平和までも脅《おびや》かすことになるのよ」

　そんな当然のことを、このお姫様達はわかっていなかったのだ。

　それにしても、エレンディール皇后と二人でお姫様達をいじめたみたいな構図である。

　どうしてこんなことに……

　頭を悩ませていると、リリエンドール姫とアンリエット姫がおずおずと口を開いた。

「あ、あの、私達の国は大丈夫ですよね？」

「うちなんて、帝国に睨《にら》まれただけでも、消し飛んでしまうほどの小国なのに」

「大丈夫よ。わたくしに任せて」

　もちろん、わたくしもこのまま三ヵ国との仲が悪くなることは避けたい。

「いったい、何を……？」

「あなた達が、わたくしのお友達になればいいだけだわ」

　そう言うと三人の姫様は目を丸くする。

「え？」

「友達？」

「私達が？」

「ええ、そう。エレンディール皇后、この度はご助力ありがとうございました」

わたくしが頭を下げると、エレンディール皇后はフフッと笑った。

ここにあまり長くいてはいけない。会場にいる人達は、わたくし達が揉《も》めていると思っているだろう。

「さあ、涙を拭いて」

今日はパーティーなのだから、悲しい顔はふさわしくない。

少し雑談をしてから、わたくし達は腕を組み、笑顔で会場に戻った。

そしてすぐさま、メリアローズ姫、アンリエット姫、リリエンドール姫を友達として皇帝陛下に紹介する。

「皇帝陛下、わたくし、皆さんと仲良くなりました」

突然の展開に、皇帝陛下は目を丸くした。周囲にいる取り巻きも同様だ。

「明日はお買い物をして、明後日《あさって》はお茶会をして——それから、いつになるかわかりませんが、一緒に至宝乙女歌劇団を観劇する約束もしました」

「か、歌劇団？」

「あら、皇帝陛下、ジルーニアの至宝乙女歌劇団をご存じありませんの？」

至宝乙女歌劇団とは、隣国ジルーニアにある女性のみで結成された劇団だ。

国中の女性から熱烈に支持されており、人気演目はチケット争奪戦が起きるほどなのだとか。

「フロレンみたいなカッコイイ役者がいるようで、わたくし、一度見たいと思っていましたの」

「そ、そうか。もう少ししたら公務も落ち着くだろうから、暇を見て行ってきなさい」

「ありがとうございます！　皇帝陛下も、各国の陛下によろしくお伝えくださいね」

「う、うむ」

わたくしの勢いに圧され、皇帝陛下はタジタジになった。

これで先ほどのいざこざは解決したものと扱われるだろう。

あとは、彼女達しだいだ。本当に友達になってくれたら嬉しいけれど、ヴォルヘルム様の一件があるので難しいかもしれない。

その後、一緒に軽食を食べてお茶を楽しみ、親善パーティーは終了となった。

「それでは、本日はありがとうございました。ごきげんよう」

「あ、あの！」

わたくしが立ち去ろうとしたら、メリアローズ姫が声をかけてきた。

「何か？」

「そ、その……」

メリアローズ姫はぐっと拳《こぶし》を強く握った。

わたくしが扇《おうぎ》を広げて盾のように構えると、フロレンがわたくしと彼女の間に立つ。

「あ、いえ、ただ、お礼と謝罪をお伝えしたくて……」

その言葉を信じて、わたくしは扇《おうぎ》を畳《たた》む。フロレンも身を引いた。

「申し訳ありませんでした。私は、王族としての務めを忘れ、私的な感情で動いてしまいました。それと、皇帝陛下にも便宜を図ってくださり、心から感謝しております」

「貸し、一つね」

「え？」

「至宝乙女歌劇団のいちばんよい席を、用意していただけるかしら？」

「そ、それは、もう！　団員からウィンクがたくさん飛んでくる席をご用意いたします！」

以前からかの歌劇団が気になっていたことは本当なので、素直に嬉しかった。

手を差し出すと、メリアローズ姫は笑顔でそっと握り返してくれる。

これにて、一件落着である。

挿話　フロレンの活動報告　その六

親善パーティーが終わったあと、ベルティーユ妃殿下をサファイア宮の私室まで送り届けた。

「フロレン、今日も一日、ご苦労様。また、明日もよろしくね」

敬礼すると、ベルティーユ妃殿下は愛らしい笑みを返してくれる。

「おやすみなさい」

「おやすみなさいませ」

あとの護衛任務を部下に任せ、ルビー宮へ向かう。今日も今日とて、ヴォルヘルム殿下に報告だ。

ルビー宮の図書室から、地下にある隠し部屋へ移動する。

扉を叩いて名乗ると、ヴォルヘルム殿下より『中に入れ』と声が聞こえた。

「ご苦労だったね、フロレン」

入室した私は、ヴォルヘルム殿下の前に片膝をついて、頭《こうべ》を垂れる。

『報告書を読んだよ。私のベルティーユは、今日もお転婆《てんば》だったようだね」

親善パーティーでの一件は、肝《きも》を冷やした。

「ベルティーユ妃殿下の機転と、エレンディール皇后の力業《ちからわざ》で、なんとか解決しました」

「争いごとは、なるべく避けたい。ベルティーユには感謝しなくては。それにしても隣国の姫との婚約話が持ち上がっていたとは……」

殿下本人も知らなかったらしい。私はパーティー中、部下に調べさせた内容を報告する。

「宰相バレンティンシアの提案だったようです」

「バレンティンシア、か。しかしなぜ、隣国の姫とそういう話が持ち上がっていたのか」

「ヴォルヘルム殿下には何も伝えず、話を進められていたのですね」

「そういうものだ。正式に決定してから、報告するつもりだったのだろう。結婚に関しては、私に決定権はない。しかしわからないのは、なぜ、大国ジルーニアにそのような話を持ちかけたのか」

ジルーニアの王族とは、二年前に皇帝陛下の甥《おい》が政略結婚をしている。関係は良好で、これ以上の繋がりは必要ない。

「バレンティンシアは、いったい何を考えているのやら」

バレンティンシアは皇帝陛下と気質を同じくする大人しい男で、野心を抱《いだ》くタイプではない。

皇帝陛下も、彼の真面目で謙虚《けんきょ》な姿勢を気に入って、そばに置いていると有名だ。

「明日より、バレンティンシアを探ってみることにしよう」

「ヴォルヘルム殿下。どうか、お気をつけて」

「わかっている」

敵と味方を、見極めなければならない時が来たようだ。

ただし、行動は慎重《しんちょう》に。ヴォルヘルム殿下と相談し、本日の報告を終えた。

第七章　あなたのために

各国の親善パーティーの翌日、皇帝陛下から狩猟大会のお誘いがあった。

開催は明後日《あさって》で、王宮の裏にある森で行《おこな》われる。

「狩猟好きな方が、羨《うらや》ましいわ」

わたくしは狩猟が苦手だ。父に連れられて何度かやってみたが、一度も獲物に弾が当たったことがない。

そもそも、銃の取り扱いが得意ではないのだ。暴発するかもしれないと考えたら、触れるのも恐ろしい。

幸い、明後日《あさって》は男性のみの催《もよお》しで、女性は狩猟屋敷でお茶会をするようだ。

「フロレンは、狩猟は得意そうね。やっぱり、毎年行くの？」

「ええ。狩猟期には、ヴォルヘルム殿下と森に出かけていました」

ヴォルヘルム様は狩猟犬を引き連れ、兎から熊まで、さまざまな動物を狩ったことがあるのだとか。

「腕前は、私が知る者の中では一番ですよ」

「まあ、そうなの。素敵……！」

うっとりしているところに、侍女が贈り物を届けてくれた。

「あら、メリアローズ姫、アンリエット姫、それにリリエンドール姫から贈り物だわ」

メリアローズ姫からは、百合《ゆり》模様の刺繍《ししゅう》が入ったテーブルクロス。アンリエット姫からは、陶器の茶器セット。リリエンドール姫からは、紅茶の詰め合わせ。そして贈り物と共に、昨日の謝罪の手紙も入っていた。

「なんだか、気を遣わせてしまったわね」

申し訳なく思ったが、フロレンはしれっと言う。

「まあ、それだけのことを、彼女達はしてしまったので」

「それもそうね」

どれも各国の特産品だ。ヴォルヘルム様に報告して、国王宛に礼状を送らないといけない。

「返事は早いほうがいいから、今からバルトルトのところへ行くわ」

「では、馬車の手配を」

「お願いね」

他国の方との交流は大変だ。個人のやりとりでも、背後に国があるため、責任が伴《ともな》う。

これも皇族の務めだ。粗相のないよう、果たさなければならない。

わたくしは、フロレンとエミリアを連れて、バルトルトを訪ねた。

「お前はまた、面倒事に巻き込まれたそうだな」

親善パーティーの噂話は、すでに彼に伝わっていたらしい。

「わたくしが面倒事を起こそうとしているわけではないから、どうしようもないわ」

「どうだか」

鼻で笑うように言われてムッとしたが、バルトルトとお喋《しゃべ》りをしにきたわけではない。

「それで、用は何だ？」

「三国のお姫様から、贈り物をいただきました」

フロレンが銀盆にのせて持っている品々を、バルトルトに見せた。

「テーブルクロスに、茶器セットに、紅茶の詰め合わせ。へえ、いい品をもらったな」

「おかげさまで」

バルトルトによれば、どれも一級品の特別な品物らしい。

「ご機嫌取りのために、奮発したんだな」

「ご機嫌取りって……。わたくしはもう、怒っていませんのに」

「どうせ、同行していた大臣から、そうしろと唆《そそのか》されたのだろう」

「唆《そそのか》されたって……」

「うちからは、真珠の首飾りを用意しよう。友情の証《あかし》と言って渡しておいたほうがいい」

「ええ、わかったわ」

「ヴォルヘルム殿下には、私から話しておく」

バルトルトがすべて取り計らってくれるようで、ホッとする。

何かお返しをしたらいいのか、迷っていたのだ。真珠はシトリンデールの名産品なので、喜んでくれるだろう。

「ありがとう。バルトルト」

お礼を言うと、彼はまん丸の瞳で見返してくる。

「どうしたの？」

「いや、素直に礼を言うことができるのかと、驚いた」

「今までも、何度かお礼を言ったでしょう？」

「そうだったか？」

尊敬しはじめていたのに、好感度が一気に下がってしまった。

「何？」

「いいえ、なんでもありません」

真珠のネックレスと礼状の件をお願いし、サファイア宮へ帰ることにした。

◇◇◇

狩猟大会当日。

男性は狩猟犬を連れ、外で煙草《たばこ》を楽しんでいる。わたくし達女性陣は、狩猟屋敷でお茶会の準備中だ。

狩猟屋敷は男性の好みに合わせてあるようで、玄関に熊の剥製《はくせい》が置かれ、談話室に鹿のハンティング・トロフィーが飾られている。ちなみに壁には、アンティークの銃がかけられていた。

なんとなく落ち着かない雰囲気だけれど、耐えなければ。

女性陣は三十人ほどで、入れ代わり立ち代わりでわたくしに挨拶《あいさつ》に来る。

そんなわたくしの背後に立つ護衛は、フロレンとローベルトだ。

「ローベルト。あなた、参加者側でなくていいの？」

挨拶《あいさつ》のあいまを見て、こっそり声をかける。

「もちろんです。私にとって、ベルティーユ妃殿下をお守りすること以上に大事なことはないので」

お仕事熱心なことだ。呆れ半分で「ふ～ん」と頷《うなず》いておく。

一方でわたくしに挨拶《あいさつ》にやってきたメリアローズ姫、アンリエット姫、リリエンドール姫らは、ローベルトを見て色めき立った。

「ベルティーユ妃殿下、あちらの騎士はあなたの護衛なのですか？」

「ええ、そうよ」

「お名前は？」

「ローベルトっていうの」

「独身？　婚約者はいらっしゃるのでしょうか？」

「さあ、どうでしょう？」

そういえば、ローベルトの私生活は謎だ。なんとなく、地味そうだけれど。聞いたことも、興味もない。

そんなわたくしとは対照的に、三国の姫は彼に興味津々《しんしん》だ。

「話しかけてもよろしいですか？」

「ええ、どうぞ」

「彼、人見知りをする方でしょうか？」

「少し、するかもしれないわ」

「紹介していただけますか？」

「もちろん」

三国の姫を、ローベルトに紹介する。ぐいぐい迫《せま》るので、彼の赤面を見ることができると思いきや――ローベルトは、実に冷静に、お姫様達に対応した。

「……おかしいわね」

首を傾《かし》げると、フロレンが心配そうに顔を覗《のぞ》き込んできた。

「ベルティーユ妃殿下、いかがなさいましたか」

「いえ、お姫様に囲まれているのに、ローベルトは案外冷静に対応しているなあと……」

いつも、わたくしと目が合っただけで真っ赤になるのに、今は平然とお喋《しゃべ》りしているように見える。

「ローベルトがああなるのは、ベルティーユ妃殿下だけですよ」

「本当に、そうみたいね」

わたくしを好きだと言ったのは、本当に恋愛としての意味だったのか。

「意外だわ」

「人には、さまざまな面がありますからね」

「本当に、そうね」

強面《こわもて》のエレンディール皇后は、実は愛情溢《あふ》れる女性だった。のほほんとしている宰相バレンティンシアが腹黒い笑みを浮かべる時もある。

わたくしだって気丈に振る舞っているけれど、心の奥底では不安でたまらない。けれどヴォルヘルム様の現状を打開し、二人で並んで表舞台に立つために頑張っているのだ。

ここで、お茶の準備ができたようだ。

わたくしが用意したのは、先日三国の姫からいただいた品々。

せっかくの名産品だ。他の方々にもアピールして、魅力《みりょく》を広めたほうがいいだろう。

「皆様、こちらのテーブルクロスは、メリアローズ様からいただきましたの。繊細《せんさい》な刺繍《ししゅう》が、素敵でしょう？　それに、こちらの茶器はアンリエット様から。金彩の絵付けが上品で、芸術品のようよ。紅茶はリリエンドール様から。香り高く、とてもおいしかったので、皆様にも召し上がっていただきたく……」

皆、異国の品々に興味津々《しんしん》で、それぞれ好きに手に取る。それから三国の姫様方の話を聞き、取り寄せすると言う者も現れた。

最後に友好の証《あかし》として、三国の姫君に真珠の首飾りを送る。

「まあ、なんて美しいの」

「こんな大粒の真珠、初めて見ましたわ」

「本当に、綺麗……」

気に入っていただけて、ホッとする。

それから三時間ほどお喋《しゃべ》りしていただろうか。軽食とお菓子、紅茶でお腹がいっぱいになってしまった。

そろそろお開きの時間だ。

「ベルティーユ妃殿下、まいりましょう」

馬車の用意ができたというので、皆と別れの挨拶《あいさつ》を交わし、狩猟屋敷から出た。

外の広場では、狩ってきたばかりの鳥や兎を並べて、品評会のようなものを行《おこな》っている。

「ベルティーユ妃殿下、見て行かれますか？」

「ええ、そうね。興味はないけれど、一応覗《のぞ》いていきましょう」

これも、皇太子妃の務めだ。そう思って一歩前に踏み出した瞬間――

狩猟犬が、ガウガウと吠えながらわたくしのほうへ走ってきた。

使用人の少年が、掴んでいた狩猟犬の紐《ひも》を離してしまったのだ。

「きゃあ！」

「ベルティーユ妃殿下！」

わたくしの腕を掴み、体を引いてくれたのはフロレン。

そして、狩猟犬の前に立ちふさがるように前に出たのは、ローベルトだった。

牙《きば》を剥《む》き出しにした狩猟犬に、ローベルトは腕に噛みつかれてしまう。

「ローベルト！」

しかし彼は狩猟犬の首輪を掴み、地面に押しつけて捕獲する。

「ベルティーユ妃殿下、こちらへ！」

フロレンに引きずられるようにして、わたくしはその場をあとにした。


怪我もなくサファイア宮に戻ってきたのはいいものの、狩猟犬に噛まれたローベルトが心配で落ち着かない。

狩猟犬は普通の犬と違って獰猛《どうもう》なのだ。しかも、兎を噛み殺すほど顎《あご》が強いと聞いたことがある。

「ベルティーユ妃殿下、ローベルトは心配いりません。腕に装備をつけておりましたから」

フロレンの言う通り、騒ぎから一時間後、ローベルトは無傷で戻ってきた。

「ご心配をおかけしました。幸い、噛まれたのは籠手《ガントレット》でしたので」

「よかったわ」

もしもフロレンとローベルトがいなかったら、わたくしの腕は狩猟犬に噛みちぎられていたかもしれない。そう思うと、ゾッとする。

改めて二人に礼を言い、今日の働きを労《ねぎら》った。

◇　◇　◇

親善パーティーの開催から一週間後、フォルクマーが直々《じきじき》に手紙を持って、わたくしのサファイア宮を訪れた。

彼は実にいい笑顔で、わたくしの目の前に立っている。

「直接来なくても、使いの者に届けさせればよかったのに」

「ベルティーユ妃殿下に会いたかったもので」

「そう」

真面目に相手をすると疲れてしまうので、適当にあしらっておく。

それよりも、手紙の内容が気になって、さっそく開封した。

そこに示されていたのは、異国の大臣こと、デンタロートからの外務大臣についての調査結果。

彼は――宰相バレンティンシアに招待されたらしい。

バレンティンシアといえば、皇帝陛下に影のように付き添う穏やかなおじさんという印象だ。

先日の親善パーティーでは、意味深な笑みを向けられたことが気にかかっていた。

いったいなぜ、バレンティンシアはデンタロートの外務大臣を招いたのか。特産品の絹製品は高《こう》騰《とう》していて取引の材料にならないし、内乱の影響で国内は混乱状態であると聞く。

デンタロートと国交を深めることに、シトリンデール帝国側のメリットはあまりない。政治的意図はまったく謎だ。

「……フォルクマー、あなたはどう思う？」

「どう、というのは？」

「バレンティンシアの考えていることよ」

まず、皇帝陛下の命令による行動なのか、気になるところだ。

『ああ……そうですね。私の推測ですが、彼は自《みずか》ら動いているような気がします』

バレンティンシアは皇帝陛下の信用のもと、さまざまな権限を持っているらしい。その中で、国交がない国の大臣を招くことなど朝飯前だという。

今回、デンタロート国の外務大臣は各国の要人に声をかけ、取引を持ちかけていたようだ。

当然ながら、関係の薄い国ばかりな上に突然の交渉だったため、前向きな返事をもらっている様子はなかったという。

「きっとバレンティンシアは、デンタロートの外務大臣から礼金をもらっているのだろうと思います」

もしお金をもらっているとしても、それだけが目的なのだろうか？

優しげな顔の裏に、別の顔があるのかもしれない。そうだとしたら、ゾッとしてしまう。

「バレンティンシアは、帝国内を混乱に陥《おとしい》れようとしているの？」

「さあ……その点は、調べてみませんとわかりかねます」

「そう、よね」

もう一点、気になることがある。

エレンディール皇后がヴォルヘルム様の毒混入事件の犯人ではと疑われていたことについてだ。

「王宮医師が、エレンディール皇后が育てた毒草を購入したという話を聞いたことがあるの」

本当に毒草で薬を作っているのならば問題ないが、別の目的に使っているのではという疑いがあった。

もしも、王宮医師がヴォルヘルム様の命を狙う人に毒草を渡していたとしたら――

そう考えるとゾッとする。

「その王宮医師が誰かに繋がっていないか、調べてちょうだい」

「仰《おお》せの通りに」

フォルクマーはわたくしの前で片膝をつき、頭《こうべ》を垂れる。

「ただ、危険手当と報酬《ほうしゅう》をいただきたいなと」

今回の依頼は、支払う勘定が増えている。いったいどういうことなのか。

フォルクマーを見下ろすと、切れ長の目と視線が交わる。

「調査相手に毒殺についての疑いをかけるわけですよね。こちら側にも危険が伴《ともな》います」

「それもそうね」

「そういえば、先ほどの調査の報酬《ほうしゅう》も、まだいただいていません」

「ダンスをする約束だったわね。覚えているわ」

「光栄です」

「それから、危険手当だったかしら」

フォルクマーの希望を聞いたらとんでもないことになりそうだ。

こちらから提案しようと、わたくしは手近にあった籠《かご》を引き寄せた。そこに入っているのは、わたくしが試作したベーコンとチーズ入りのパンだ。

「美味《おい》しそうですね」

「わたくしが焼いたの。危険手当は、これでいい？」

「もちろん」

思いのほかフォルクマーが嬉しそうで、ホッとする。

「報酬《ほうしゅう》は――」

「先払いがいいです。今日、ベルティーユ妃殿下が結んでいるリボンを解《ほど》いて、髪を梳《す》いてもいいですか？」

「……なんなの、それは？」

今日のわたくしは、髪を一つに纏《まと》めて三つ編みにし、胸の前で垂らしている。髪を縛っているのは、金のリボンだ。

「美しい御髪なので、一度触れてみたいと思っていたのです」

「それはダメよ。絶対にダメ」

背後のフロレンを振り返る。彼女はもちろんだと、何度も頷《うなず》いた。

「しかし、今回の任務はあまりにも危険です。もしも調査中に相手に見つかったら、私は殺されてしまうかもしれません。拷問《ごうもん》にかけられても、ベルティーユ妃殿下の命令であると口外できないので、解放されることはないでしょう」

もしも、わたくしの行動がバレれば、わたくしも巧妙な手口で消されてしまうだろう。

相手は、長年エレンディール皇后に罪をなすりつけてきた、狡猾《こうかつ》な人物だ。わたくしを事故に見せかけて殺すことなど、容易に違いない。

またしても、腹を括《くく》らなければならない時が来たようだ。息を大きく吸い込んで、吐く。

フロレンやエミリアはいい顔をしないだろうけれど、これぱっかりは仕方がない。

フォルクマーは危険だと承知の上で、調査を引き受けてくれる。それ相応の礼を示さなければならないのだ。だから、わたくしは身を削って報酬《ほうしゅう》を支払うしかない。

「わかったわ。好きになさい」

「ありがとうございます！」

フォルクマーは中腰になり、わたくしの座る椅子の背もたれに手をついた。

それと同時に、フロレンが一歩前に出てくる。さらには腰の剣も引き抜いた。

変なことをしたら、叩き斬《き》るという警告だろう。心強い。

「では、いいですか？」

「ええ、どうぞ」

別に大したことではないというふうに装《よそお》っているが、内心ハラハラしている。

ヴォルヘルム様以外に触れることは、あってはならない体なのに……。悔しい思いが募《つの》る。

しかし、シトリンデール帝国の平和のために、仕方がないことだ。

視界いっぱいに、フォルクマーの姿が映る。なんだか呑み込まれてしまいそうで、思わず顔を逸《そ》らして目を瞑《つぶ》った。

何か変なことをしたら、フロレンが対処してくれるだろう。

しゅるりと、リボンが解《ほど》ける音が聞こえた。

ただ、リボンを外しただけでは、しっかりと編んだ三つ編みは解《ほど》けない。

やはり、見ていないと、不安になる。もしも変なことをされそうになっても、自衛もできない。

目を開けると、フォルクマーが三つ編みに人差し指を差し込むところだった。指先を下のほうへ滑らせ、三つ編みをするすると解《ほど》いていく。

異性にこのようなことをされたことがないので、恥ずかしくなってしまう。頬は熱くなり、顔から火を噴き出そうだ。

解《ほど》けた髪が胸の前に流れ、頬に触れた。

フォルクマーは何度か、指先で髪を梳《す》く。髪に向けられた視線は、恍惚《こうこつ》としていた。

「とてもいい香りがします……」

フォルクマーの言葉に、カッと顔が熱くなる。

これ以上、許してはいけない。

「もう、いいでしょう？」

「そうですね」

フォルクマーはパッと手を離し、背後に下がった。

「ありがとうございました。夢のようなひとときでした」

以前の働きの礼であるダンスは、後日行《おこな》うと約束する。ダンスホールと楽器を借りなければならないので、すぐにというわけにはいかない。

「別に、ここの部屋でも構わないのですが。演奏はレプシウス卿に歌ってもらえれば」

突然の無茶振りに、フロレンが声を上げる。

「なっ！　コール卿は何をおっしゃるのですか！　ベルティーユ妃殿下も、お忙しいのです。今日は、下がりなさい」

その提案については、フロレンが却下させる。

「はいはい」

フォルクマーは優雅な礼をしたのちに、部屋を去った。

静かになった部屋で、わたくしは——ポロポロと涙を流してしまう。

「ま、まあ、ベルティーユ妃殿下！」

「ど、どうしたのですか？」

エミリアとフロレンがオロオロする。

「わ、わたくしは、ヴォルヘルム様を、裏切って、しまい、ました」

「そ、そんなこと、ありません」

「そうです。裏切り行為なんて、していません」

二人はわたくしの言葉を否定してくれる。しかし納得はできない。

『で、でも、か、髪を、触られてしまったわ』

ヴォルヘルム様に褒めてもらうために、髪の手入れは怠《おこた》らなかった。毎日洗い、いい香りのする精油を揉《も》み込んで、櫛《くし》で丁寧に梳《くしけず》っていたのだ。

それなのに、最初に触れたのは、フォルクマーだった。

「わたくし、ヴォルヘルム様に、なんと言えばいいのか」

エミリアとフロレンが励ましてくれる。

「大丈夫ですわ」

「そうですよ」

しかし今思えば、条件を他に変えることもできただろう。

頭の中が真っ白になって、交渉をしようという考えが浮かばなかったのだ。

「わたくし、フォルクマーを前にすると、冷静になれないの。どうしてかしら？」

「そ、それは――」

フロレンとエミリアは、なんだかいたたまれないものを見るような目をしている。

「エミリア、何か、言いたいことがあるの？」

「えっと、その、僭越《せんえつ》ながら、言わせていただきますが」

「ええ」

「ベルティーユ妃殿下は、コール卿のことが、好きなのではと？」

わたくしは驚き、飛び出すほど目を見開いてしまった。口もポカンと開けてしまう。

「ちょっと待って！　フォルクマーが好きというわけではないわ！　毎回いいように言いくるめられてしまうから、悔しいの！」

「だったらよいのですが」

「わたくしはずっと、ヴォルヘルム様一筋《ひとすじ》だから！」

「そ、そうでしたね」

勘違いされては困る。フォルクマーのことなんて、なんとも思っていないのだから。

◇◇◇

ヴォルヘルム様と結婚して早くも半年経った。依然としてお会いできていないけれど、充実した毎日がわたくしの心を支えてくれる。

わたくしのサロン『竜貴婦人の会』は順調だ。会員数も増え、定期的にお茶会を開いている。

エレンディール皇后も参加したということに、会員の皆は驚いていた。けれど、話したら案外気さくな人だとわかるので、仲良くなるのに時間はかからなかった。

活動資金の捻出《ねんしゅつ》方法は、エレンディール皇后の庭園の花や薬草で何かを作り、販売しようということになった。

匂い袋に石鹸《せっけん》、薬草マフィンに薬草クッキー、薬草ケーキ。それから、押し花のしおりや精油など、たくさんの商品を作り、慈善市を開いて販売している。

市民相手の商売だが、売り上げは上々。

実はここで、アロウジア様の意外な才能が発揮された。彼女は経営戦略を立て、見事な手腕を見せてくれたのだ。

わたくし達『竜貴婦人の会』の活動費は、どんどん潤《うるお》っていく。

他にも、大臣らを招いて行《おこな》ったお茶会では、健康にいい薬草料理を振る舞い、寄付をねだったりした。女性陣に囲まれた大臣らは頬を緩《ゆる》め、たくさん資金を援助してくれることになった。

勢力を増した『竜貴婦人の会』を、国は無視できなくなったのだろう。

先日、思いがけない手紙を受け取った。

なんと、皇帝陛下の最高諮問《しもん》機関である枢密院《すうみついん》のメンバーに、『竜貴婦人の会』の中から一名選出するようにというのだ。わたくしは、代表代理を務めてくれているアロウジア様に、枢密院《すうみついん》のメンバーになるようお願いした。


忙しい日々を過ごす中、フォルクマーから手紙が届いた。今回は直接持ってきたのではなく、使いの者を派遣したようだ。彼も多忙らしい。

手紙には、調査結果が淡々と書かれていた。

しかしその内容に、わたくしはめまいを覚える。

エレンディール皇后のもとに通っていた王宮医師が、宰相バレンティンシアに毒草を売り渡していたらしい。

「なんてことなの……」

これは、皇帝陛下の指示なのか。その点はわからなかったそうだ。

しかし、実の父親である皇帝陛下が、ヴォルヘルム様を殺そうとするだろうか？

「フロレン、わたくしは、どうすればいいの？」

「この件は、ヴォルヘルム殿下にお知らせします。ベルティーユ妃殿下は、これ以上問題に関わらないほうがいいかと」

「ええ……そうね」

相手の目的も見えない状態で、探りを入れるのは危険だ。

あとの調査については、ヴォルヘルム様にお任せしよう。


翌日——絹を裂くような悲鳴が聞こえた。隣の部屋からだ。

いったい何事なのか。フロレンとローベルトがわたくしの部屋にいたので、ローベルトに様子を見に行ってもらう。フロレンはわたくしのそばにぴったり寄り添ってくれる。

「何か問題が起きていたら、すぐに報告して」

「はっ！」

数分後、ローベルトは青い顔で戻ってきた。

「なんだったの？」

「ベルティーユ妃殿下に、贈り物が届いていたのですが、中身が動物の死骸《しがい》で」

「まあ！」

差出人は不明で、悪臭が漂《ただよ》っていたので、侍女の一人が念のためにと開封したようだ。その結果、動物の死骸《しがい》であったと。

「いったい、誰がこのようなことを」

フロレンとローベルトは目を伏せ、拳《こぶし》を握りしめる。

そしてローベルトはわたくしの前で跪《ひざまず》く。

「軍用犬を使い、犯人を探らせます。包装紙と箱の出所も調査する予定です」

「ええ、お願い」

ローベルトはきびきびとした動きで部屋を去る。

ついにわたくしにも、見えない敵から宣戦布告がやってきたのだ。

「フロレン……なんだか怖いわ」

「ベルティーユ妃殿下。このような意気地なしは、あなた様の敵ではありません」

「そうね。気を強く持たないといけないわ」

こうしてはいられない。一刻も早く、次の行動に移さなければ。

わたくしはペンを取り、皇帝陛下へお手紙を書く。一度、エレンディール皇后と三人で話ができないかと、おうかがいを立てた。

午後はバルトルトに会うべく、ルビー宮に向かう。借りていた予算返済の目途《めど》が立ったので、書類を提出するためだ。執務室で対面して、まず午前中にあったことを告げる。

「死体を送りつけるとは、ずいぶんと古典的な嫌がらせをするものだ」

「古典的……確かにそうね。あなただったら、どんな嫌がらせをする？」

「それを聞いてどうするんだ」

「ごめんなさい。すごく陰険なことをしそうで、気になってしまったの」

そう返すと、チッと、舌打ちされた。

「バルトルト。あなた、舌打ちなんて、他のお姫様の前でしたらダメだからね」

「わかっている。こんなことをするのはお前の前だけだ」

「それもどうかと思うけれど……まあ、いいわ」

わたくしは予算返済についての書類を差し出した。バルトルトはそれを受け取って目を通す。

「へえ、驚いた。たったこれだけの活動で、資金調達できるなんて」

「アロウジア様が、そのあたりについて詳しかったの」

「それで、枢密院《すうみついん》のメンバーに推《お》したというわけか」

「ええ」

枢密院《すうみついん》のメンバーに女性が選ばれるのは、シトリンデール帝国の長い歴史の中で初めてのことらしい。アロウジア様は、誇らしげだった。

「しかしこれでは、お前が嫌がらせを受けるのも、無理はないかもしれない」

「どういうこと？」

「短期間で、お前は女性の社会的地位を押し上げた。今まで、シトリンデール帝国が軽んじていたものを、発見してしまったのだ」

「それは、有能な女性の存在？」

「そうだ」

この辺は、国による感覚の違いなのかもしれない。わたくしの国では、仕事ができる者を男女問わずどんどん採用する。仕事の成果を上げた者を、昇進させたのだ。

一方、シトリンデール帝国は、仕事は基本世襲《せしゅう》制。もちろん、女性に継《つ》ぐ権利などなかった。

「そんな状況だから、古い考えを持つ人達は、この変化をよく思っていないだろう」

「困った方々ね」

「人は、簡単に変化を受け入れられないから」

わたくしは返事ができずに黙り込む。

「まあ、今まで以上に、身辺について注意することだ」

「わかったわ」

戻ったら、フロレンと共に警備体制を見直さなくては。申し訳ないけれど、一人一人の行動を把握できるように侍女の人数を減らしてもらおう。

「しばらくは、出かけないほうがいいかもしれない」

「サファイア宮に引きこもれと言いたいの？」

「そうだ。あそこが最も安全だろう」

しかし、お茶会の約束があるし、皇帝陛下との食事会だってある。他にも、公務がいくつか入っていた。

「すべてキャンセルすればいいだろう。命は金で買えない。だから今、無理はしないほうがいい」

「バルトルト、あなた……」

「何?」

「とっても優しいのね」

「は?」

「わたくしを思って、そんな風に言ってくれるなんて」

「勘違いするんじゃない。お前がいなくなったら、手綱《たづな》を握る者がいなくなった『竜貴婦人の会』を誰がまとめる?」

「別に、それはわたくしじゃなくても……」

わたくしの言葉を遮《さえぎ》るように、バルトルトは首を横に振る。

「いいや、お前しかいない。エレンディール皇后も、アロウジア殿も、お前の言うことしか聞かないだろう。二人共、蛇のように舌先をチロチロと動かして、高みの見物をしていた強《したた》かな女だ。それを連れてきたのは、お前だからな。制御する者がいなくなって野放しになったら、どうなることか……」

「蛇のようにって……」

「エレンディール皇后とアロウジア殿は、シトリンデール帝国の二大女傑《じょけつ》だと言われていた」

「知らなかったわ」

「その二人を篭絡《ろうらく》したお前も入れて、シトリンデール帝国の三大女傑《じょけつ》とする」

「女傑《じょけつ》だなんてイヤよ。もっと可愛らしい括《くく》りに入れてくれる？」

「もう無理だ」

「女傑《じょけつ》じゃなくて……そうだわ。シトリンデール帝国の三大乙女はどう？」

そんな提案をすると、バルトルトは一瞬ポカンとしたあと、ぷっと噴き出した。そしてお腹を抱えて笑う。

「な、なんでそんなに笑うの？」

「乙女だなんて、図々しいと思って」

「まあ、失礼ね。女性は何歳になっても、乙女なんだから！」

余程面白かったのか、バルトルトはまだ笑っている。

顔をくしゃくしゃにして笑う彼は、いつもよりあどけない印象だ。

以前、フォルクマーに『くしゃくしゃになった顔が可愛い』と言われて怒ったことがあった。けれど、今ならその気持ちがわかる。普段、笑うことのない人が、顔をくしゃくしゃにして笑っていると、とてつもなく魅力《みりょく》的に見えた。

「……なんだ。こっちを見るな」

可愛い表情は、一瞬にして無表情になった。さらに、生意気な物言いのおまけつきだ。

でも、よかった。この人も、きちんと笑えるのだ。それがわかっただけでも、大きな収穫だろう。

「では、わたくしはここで」

「気をつけるように」

「ええ、ありがとう」

わたくしは執務室を出ると、フロレンと共に玄関のある一階に向かう階段を下りる。

「ねえ、フロレン。わたくし、シトリンデール帝国の三大女傑《じょけつ》の一人なのですって。酷くない？」

「ベルティーユ妃殿下、前を向いて歩いてください。危ないですよ」

「小さな子じゃないんだから――」

そう言った瞬間、足元が滑る。体がいっきに傾いた。

手を差し伸べるフロレンの姿が見えたが、その手を掴むことはできなかった。

なんてことだ。

わたくしは階段を転がり落ちていく。大理石の階段なので、打ちつける度に痛みが走った。

一番下まで落ちた瞬間は、覚えていない。

わたくしの名を何度も呼ぶフロレンの声が響く。

そして、動転する彼女に向かって「大丈夫、心配いらない」と言う男性――ヴォルヘルム様のような人の声が聞こえた。

◇　◇　◇

誰かが、わたくしの手を握っている。大きくて、ごつごつしていて、温かい手……

もしかして、ヴォルヘルム様？

瞼《まぶた》が重くて目を開けることができず、おずおずと尋ねる。

「ヴォルヘルム様？」

「べ、ベルティーユ妃殿下、その……」

凛《りん》とした声が聞こえる。これは……ヴォルヘルム様ではない？

「ベルティーユ妃殿下、私です、フロレンです」

なんとか目を開けると、金髪碧眼《へきがん》の麗人がわたくしの顔を覗《のぞ》き込んでいた。

この御方がヴォルヘルム様だったらよかったのだけれど、間違いなくわたくしの騎士フロレンだ。

「わたくし、寝坊したの？」

「いいえ。ベルティーユ妃殿下は、先ほど、階段から落下されて……」

そうだ。思い出した。わたくしはお喋《しゃべ》りに気を取られ、階段から落ちてしまったのだ。

身じろぎをすると、体全体に鈍痛が走る。だが、大きな怪我はないようだ。きっと、打撲程度だろう。

周囲を見回すと、いつも通りわたくしの寝室だ。そこで寝台近くの円卓に百合《ゆり》の花が活《い》けられていることに気づく。

「これは？」

「ヴォルヘルム殿下からの、お見舞いです」

「そう」

ヴォルヘルム様にも、心配をかけてしまったらしい。百合《ゆり》の華やかな香りを嗅《か》いでいるうちに、心が安らいできた。

「そういえば、倒れた時にヴォルヘルム様の声が聞こえたような気がしたんだけれど……」

「いえ、ヴォルヘルム殿下はあの場にいませんでしたよ」

「そう……わたくしの気のせいだったのね」

寂しさのあまり、幻聴を聞いたのかもしれない。――いや、そろそろヴォルヘルム様が誰に変装しているのか知りたい気持ちを、抑えられなくなっているのかも。

それはともかく、起き上がろうとしたら、フロレンに体を押さえられてしまった。しばらく、安静にしていないといけないらしい。

「私がいながら、ベルティーユ妃殿下を危険な目に遭《あ》わせてしまい、本当に申し訳ありませんでした」

「フロレン、何を言っているの？　階段から落ちたのは、わたくしの不注意よ。あなたは悪くないわ」

「いいえ、私の――私達の失態です」

「私達って、どういうこと？」

フロレンは拳《こぶし》をぎゅっと握り、悔しそうに言葉を続ける。

「床に、油が塗ってあったのです」

「え？」

「私と護衛騎士はそれに気づかず、ベルティーユ妃殿下を誘導してしまった」

「そう、だったの」

わたくしがうっかりしていただけではなかったのだ。

「だったら、悪いのは油を塗った人じゃない」

フロレンは俯《うつむ》き、顔を歪《ゆが》める。

油を塗った犯人が悪くても、護衛を務めるフロレン達からしたら、そういうわけにもいかないのだろう。

「いったい誰が、こんな酷いことをしたのか……」

「そうね」

今回のことは、わたくしだけでなく、ヴォルヘルム様を狙った可能性もあるという。

「犯人からのメッセージなのかしら？　嗅《か》ぎまわるようなことはするなと……」

だとしたら、余計に見ない振りはできない。

「早く皇帝陛下にお会いして、話をしなければいけないわ」

午前中に出した手紙は皇帝陛下に届いただろうか。お忙しい御方だから、すぐにというわけにはいかないだろうけれど。

「ベルティーユ妃殿下、その、皇帝陛下へのお手紙の件ですが……」

「ええ」

「先ほど確認があって――」

そこまで言って、フロレンは黙り込む。何か、言いにくいことなのだろう。

「フロレン、言いなさい。時間がもったいないわ」

「え、ええ。その、ベルティーユ妃殿下の送った手紙なのですが……。『皇帝陛下に夜の密会を望む内容だったがどういうことか』と、補佐官より問い合わせがあったのです」

「な、なんですって⁉」

夜の密会……ということは、二人きりで会いたいという内容だったのだろう。

想像しただけでもおぞましい。ヴォルヘルム様一筋《ひとすじ》のわたくしが、そんなことを書くわけがない。

「確かに、皇帝陛下にお手紙を出したわ。でも、内容は皇后陛下と三人で会いましょうというものだったの。きっと、手紙が差し替えられたのよ」

「そうとしか思えません」

「いったい、誰がそんなことを……」

怪《あや》しい人物として一番濃厚なのは、宰相バレンティンシア。

しかし、証拠がない。

「……手紙は、ベルティーユ妃殿下の文字に似ていたそうです。そのため本物か偽物《にせもの》か判断がつかず、問い合わせた、と」

「そこまで気合いの入った手紙だったのね」

「ええ」

　フロレンは再度しょんぼりする。

「フロレン、気にしたって仕方がないわ」

「しかし、何もできなかったことが、不甲斐なく……。皇帝陛下への手紙だって、私が届けたらこんなことにはならなかったと思います」

「でも、あなたはわたくしの護衛なのだから、離れることもできなかったでしょう？」

「そうですが……」

　わたくしは起き上がってフロレンを励ます。彼女の拳《こぶし》に、そっと指先を重ねた。

「フロレン。結婚してから、あなたがずっとそばにいてくれて、とても心強いのよ。ありがとう」

「ベルティーユ妃殿下……」

「フロレンは、わたくしの心を守る騎士様なのよ。今もこうして、そばにいて励ましてくれる。本当に、嬉しいことだわ。これからも、よろしくね」

　わたくしの言葉に、フロレンは頷《うなず》いてくれた。


　やられてばかりでは、面白くない。きっちりと、やり返さなくては。

　数日後、わたくしはエレンディール皇后の住むラピスラズリ宮へ足を運んだ。

迎えてくれたエレンディール皇后は相変わらず悪女顔だが、わたくしにあったことを聞いて心配してくれていたという。会うなり、ぎゅっと抱きしめてくれた。

客間に案内され、長椅子に隣り合って座る。

エレンディール皇后はわたくしの頬にそっと触れ、目を細めた。

「案外元気そうで、よかった」

「皇后陛下の贈ってくださった薬草茶と、精油のおかげです」

わたくしが階段から落ちた日の晩、エレンディール皇后は血行をよくする薬草茶と、青痣《あおあざ》の完治を早める精油を贈ってくれたのだ。

「それにしても、酷いことをする者がいたものだ」

「ええ……」

「犯人に目星はついているのか？」

「証拠はないのですが、一応」

「誰だ。言え」

わたくしは困り、返事ができない。

「言えといっておる」

エレンディール皇后はわたくしの両頬を掴む。おかげでタコのような口になった。

「マ、マレンヒンヒア、れす」

「誰だ、それは」

顔を掴まれている状態では、正しく発音できない。涙目で訴《うった》えると、エレンディール皇后は手を離してくれた。

「バレンティンシアです」

「なんだと⁉」

エレンディール皇后は目を吊り上げ、最高に怖い表情でわたくしを見る。

「あれは皇帝陛下がもっとも信用する忠臣だ。野心を抱《いだ》くような男に見えないが……」

「腹の中は、誰にも明かさないのでしょう。ただ、先ほども言ったとおり、証拠がありません」

「なんということだ」

「おそらく、ヴォルヘルム様の命を狙っていたのも、彼かと」

「しかしバレンティンシアの目的がわからん」

「そうですね」

クリスティアン様を皇帝に据《す》えて、国を意のままに操《あやつ》ろうとしているのかもしれない。わたくしは悩んだ末に、今まで黙っていたことを告げることにした。

「……実は、皇后陛下の育てている毒草を、王宮医師がバレンティンシアに渡していたそうです」

「嘘だろう？」

「本当です」

わたくしの言葉に、エレンディール皇后は頭を抱える。

「私も、ヴォルヘルムの毒殺事件に噛んでいたというわけか」

「いいえ、皇后陛下は無関係です」

「しかし、周囲の者はそう思わないだろう。毒草は、私が育てたものなのだから」

「それはそうですが……」

すると、エレンディール皇后は無言で手を上げた。護衛騎士の一人がやってくる。

「今すぐ、王宮医師トーマス・フォン・ゴーズを拘束してこい」

「はっ！」

騎士がきびきびとした動きで部屋を去った。

「えっと、皇后陛下？」

「ヤツから、すべてを聞き出す。しばし、待っていてくれ」

「え、ええ」

「あと、手紙の件もあっただろう？」

「ありましたね。そんなものが」

「あれも、筆跡鑑定を頼んでおる。その前に陛下には、これは皇太子妃を陥《おとしい》れようとする誰かの犯行だと言っておいた。だから、心配するな」

「皇后陛下、あ、ありがとうございます！」

嬉しくなって抱きつこうとしたら、額《ひたい》を押されて拒否された。

……きっとエレンディール皇后は恥ずかしがり屋さんなのだろう。

ラピスラズリ宮を去ろうと玄関に向かうと、リス君がいた。

「ベル！」

リス君はわたくしに駆け寄って、手に持っていた花を差し出す。

「やる」

それは、アマリリスの赤い花だった。

リス君の指先に、土がついている。わざわざ、庭から摘《つ》んできてくれたようだ。

「すごく綺麗。ありがとう。とっても、嬉しいわ」

すると、リス君はぶっきらぼうに言葉を返す。

「花言葉は『おしゃべり』。お前にぴったりだ」

「まあ、なんですって⁉」

いたずらが成功したような笑みを浮かべ、彼は走り去った。

「もう！」

おしゃべりが花言葉の花がお似合いだなんて、酷い。貞淑《ていしゅく》な皇太子妃になるために、頑張っているのに。

馬車に乗り込んだあと、エミリアに愚痴《ぐち》をこぼす。彼女は、「アマリリスには他に花言葉があるのですよ」と言った。

「『誇り』と、『輝くばかりの美しさ』、です。本当は、クリスティアン殿下は、そちらがぴったりだと思ってベルティーユ妃殿下にアマリリスを差し上げたのでは？」

「そうかしら？」

「きっと、そうですよ」

リス君は恥ずかしがって『おしゃべり』だなんて言ったのか。

真意は定《さだ》かではないが、そういうことにしておこう。


続いて、ルビー宮にいるバルトルトを訪ねた。

バルトルトは今日も、しかめ面《つら》で仕事をしている。

「何だ？」

「皇太子妃に向かって、失礼ね」

この人も、相変わらずのようだ。

「わたくしを取り巻く事件を、知らないわけがないでしょう？」

「まあ」

「それで、お願いがあるの」

「断る」

「まだ、何も言っていないじゃない」

「忙しいんだ」

「そこをなんとかするのが、臣下の務めでしょう」

「皇太子に仕《つか》えているだけで、妃殿下に仕《つか》えているつもりはない」

「わたくしはヴォルヘルム様の妻よ？　ヴォルヘルム様の部下はわたくしのもの。わたくしの部下はわたくしのもの。そう決めているの」

「酷い決まりだ」

バルトルトはこちらへ視線も向けず、書類を処理済の箱に入れながら言った。

「それでね、あなたに、調べてもらいたいことがあって――バレンティンシアの奥様についてなんだけど」

「は？」

「前に、宰相の奥様がここの職場の支援をしていると聞いたことがあるの」

「ああ……そういえば、していたような」

「それで、お茶会でもなんでもいいから呼び出して、バレンティンシアの不審な行動について聞き出してくれる？」

途端に、バルトルトは嫌そうな表情を浮かべる。

「一生のお願い」

「だったら、キスと交換だ」

予想していた言葉を言われ、わたくしは間髪《かんはつ》いれずに答えた。

「いいわ」

バルトルトは目を見開き、わたくしを見る。

「皇太子一筋《ひとすじ》ではなかったのか？」

「そうよ。それについては変わらないわ。でもこのままでは、わたくしはありもしない罪を着せられてしまう。よくて離宮に軟禁、悪くて塔に監禁されるのよ。それを回避するために、キスの一つや二つ、犠牲にしたって構わないわ。わたくしは、何があってもヴォルヘルム様と幸せになるの。そのために、バレンティンシアをどうにかしなくてはいけない！」

一気にまくしたてたので、息が乱れてしまう。フロレンが背中を支えてくれた。

「……わかった。そこまで言うのならば、協力しよう」

「ありがとう」

「その代わり、キスは覚悟しておけ」

「ええ、わかった」

真面目な表情でキスの覚悟がどうたらと言うので、ちょっと笑いそうになった。

とりあえず、成功報酬《ほうしゅう》ということにしておいてくれるようだ。

午後は、サファイア宮でお茶会を開く。出席者は、アロウジア様と『竜貴婦人の会』の幹部だ。

開始早々、アロウジア様はこう叫んだ。

「許せない事態ですわ。私達のベルティーユ妃殿下を陥《おとし》れようとしているなんて」

今回の件で一番怒っているのは、アロウジア様かもしれない。拳《こぶし》を握って、怒《いか》りを露《あら》わにする。

さすが、シトリンデール帝国の三大女傑《じょけつ》だ。強い。

「あまりにも腹が立ったので、枢密院《すうみついん》は欠席しました。私がいないと決裁が遅れるとか言って、バレンティンシアが困っているようです」

「そ、そう。まあ、ほどほどにね」

「わかっていますわ。明日は、行きます」

「ありがとう」

皇帝陛下へ密会の手紙を送ったという一件で、わたくしの上層部からの評判はガタ落ち。

しかしわたくしの評判に関係なく、『竜貴婦人の会』の収益は急上昇している。

エレンディール皇后の庭園に新しく薬草畑を作り制作した、新商品の売り上げが絶好調のようだ。

美しいクリスティアン皇子の美しい横顔をパッケージに使ったのが、功《こう》を奏《そう》したらしい。店に並べた途端に、客が殺到して売り切れるほどの人気になっている。

「まあ、とにかく、ベルティーユ妃殿下の名誉は私達がお守りしますので」

「感謝しているわ、アロウジア様……」

アロウジア様は、わたくしの手を包み込むように優しく握ってくれる。昔、母がわたくしを励まそうと同じことをしてくれたことを思い出して、少しだけ泣きそうになった。

「とにかく、今日一日で、バレンティンシアについての情報を集めてみますわ」

「嬉しいけれど、無理はしないでね。いろいろと、危ない人達とも手を組んでいるようだから」

「わかっております」

もしもわたくしに何かがあっても、アロウジア様がいたら『竜貴婦人の会』は大丈夫だろう。そんな安心感があった。

「じゃあ、よろしくね」

長い間大人しくしていたシトリンデール帝国の女性達も、今は自立の意識を持っている。わたくしは、眠れる獅子《しし》を起こしてしまったのかもしれない。


翌日、二階にある自室の窓から、中庭の様子を眺める。騎士達が集まって、剣を抜いて対峙《たいじ》していた。

ローベルトは訓練に余念がないようだ。今日も広場に騎士達を集め、稽古《けいこ》をつけている。

当初、わたくしの護衛部隊は、貴族の子息を中心に集められていた。見目麗《みめうるわ》しい集団だったけれど、戦闘能力はそこまで高くなさそうに見えた。

途中からローベルトが人員を入れ替えたようで、今は屈強《くっきょう》な騎士達の集まりとなっている。

筋骨隆々《きんこつりゅうりゅう》の騎士が一人、前に出る。顔に傷がある強面《こわもて》で、彼の腕はわたくしの太ももより太く、身長は二メートル以上ありそうだ。

彼の相手を、ローベルトがするらしい。明らかに体格差があるが、大丈夫なのだろうか。

審判役の「始め！」という声で、戦闘開始となる。

最初に動いたのは、筋骨隆々《きんこつりゅうりゅう》の騎士だ。手に持った大剣を振り上げながら、斬《き》りかかる。対するローベルトは、抜剣すらしていない。

しかし、大剣が振り下ろされる瞬間、ローベルトが剣を抜いた。

脳天から落とされる鉄の塊《かたまり》のような一撃を、細身の両手剣で受け止める。その後、力の競《せ》り合いに勝ったのだ。

筋骨隆々《きんこつりゅうりゅう》の騎士は、剣を弾かれてバランスを崩す。その隙を、ローベルトは見逃《みのが》さなかった。すぐさま騎士の足を払い転倒させる。

勝負あり。ローベルトの勝ちだ。

見学していた騎士達が、ワッと歓声を上げる。

わたくしの前では右往左往し、赤面するばかりのローベルトだが、確かな腕を持つようだ。

「フロレン、わたくしの騎士達は、ずいぶんと頼もしくなったわ」

「ローベルトが聞いたら、喜ぶと思います」

「機会があったら、伝えておいてくれる？」

「もちろんです」

わたくしの護衛は、彼らに任せておけば問題はない。そう安心できた。


その日の午後、わたくしはフォルクマーを呼び出した。

「ベルティーユ妃殿下、何か御用でしょうか？」

「ええ。あなたと、ダンスをする約束だったでしょう？」

「おや、このような緊急事態のさなかに、よろしいのですか？」

「ええ、次にいつあなたと会えるかも、わからないから」

フォルクマーの願いを叶えるために、サファイア宮の広間に楽器の演奏ができるフロレンとエミリアに待機してもらっている。

フロレンはヴァイオリン、エミリアはピアノを演奏してくれるそうだ。

「まあ、いつもの二人だけれど」

「ありがたいお話です」

『あなた、自慢の美声で歌ってもいいわよ？』

「いえ、ダンス中はベルティーユ妃殿下を見ることに集中したいので」

「わたくしじゃなくて、ダンスに集中してくれたら嬉しいのだけれど」

そう訴《うった》えても、フォルクマーは笑みを深めるばかり。

「では、ベルティーユ妃殿下、お手を」

「……ええ」

本当はヴォルヘルム様と踊りたいのだけれど、仕方がない。

「すみませんね、ヴォルヘルム殿下ではなくて」

考えていることが読まれたのかと、胸がドキンと跳ねた。偶然だろうけれど、心臓に悪い男だ。

「安心して。ヴォルヘルム様とは、踊ったことがあるから」

とはいえ、それは子どもの時の話だ。当時、夜会に参加できなかったヴォルヘルム様とわたくしは、屋敷の大広間から聞こえる音楽でダンスのレッスンをした。

それはさておき、ここで長々と話している暇はない。一曲踊って、次の予定をこなさなければ。

両手を差し出すと、フォルクマーは壊れ物を扱うようにそっと握ってくれた。

ぐっと身を寄せ、ホールドの体勢を取る。ゆったりとしたワルツの演奏が始まった。

フォルクマーのリードで、動きだす。

ゆるやかでなめらかなステップを踏みつつ、優雅にターン。これの繰り返しだ。

そのターンの感覚に覚えがあり、わたくしは考えこむ。

視線を感じて顔を上げると、フォルクマーは珍しく柔らかに微笑んだ。

「何を企《たくら》んでいるのかしら？」

「いいえ、何も」

お得意の、何か含んでいるような言い方だった。

「喉《のど》が渇《かわ》いたわ。何か飲みましょう」

用意されていた葡萄《ぶどう》果汁の入った水差しを手に取り、グラスに注《つ》ぐ。

フロレンやエミリアが動いたが、手で制した。

「どうぞ、フォルクマー」

「これはこれは。ベルティーユ妃殿下が注《つ》いでくださるなんて」

葡萄《ぶどう》果汁の入ったグラスを受け取るフォルクマー。そんな彼を、信じがたい、という目でフロレンが見つめる。こういう時、一度遠慮してから手に取るのが、常識である。

「まあ、いいじゃない。今日くらい」

「ありがとうございます」

グラスを掲げると、フォルクマーも同じ高さまで上げる。そして見つめ合い、乾杯した。

わたくしはグラスに口をつけ、一気に飲む。

「――!?」

次の瞬間、手先を震わせて、グラスを落とした。喉《のど》を押さえ、その場に両膝をつく。

「ベルティーユ妃殿下!?」

フロレンとエミリアが駆け寄ってきた。

「う……ううっ！」

「まさか、毒ですか!?」

フロレンの問いには答えない。わたくしは床の上に倒れる。

いつも余裕そうなフォルクマーは、わたくしを見下ろして目を見開く。

わたくしは、震える手をフォルクマーに向かって伸ばした。

「ヴォルヘルム様……た、たすけ……」

フォルクマーはハッとしたようにわたくしを抱き上げ、必死の形相で叫んだ。

「ベルティーユ!!」

その表情を見た途端――わたくしはフォルクマーの頬を両手で挟み込むように掴む。

ようやく、確信した。

「あなた、ヴォルヘルム様だわ!!」

今度こそ、間違いない。

わたくしを抱き上げ、ベルティーユと呼んだ瞬間に確信した。

それに、ダンスでターンしたあとに背中を軽く支えるのは、ヴォルヘルム様の癖だった。

「ねえ、ヴォルヘルム様なのでしょう？」

そう聞いても、フォルクマーは目をぱちくりとさせるだけで、答えない。

そこで、見つめ合うわたくし達の間に、フロレンが割って入る。

「ベルティーユ妃殿下、この葡萄《ぶどう》果汁に、毒は……？」

「入っていないわ。毒が入っていたという、演技よ」

そう言った瞬間に、フォルクマーはわたくしを抱きしめた。耳元で「よかった」と囁《ささや》かれる。

「ねえ、ヴォルヘルム様。ヴォルヘルム様なのでしょう？」

しかし彼はわたくしの問いに答えない。

フォルクマーの胸を押し、わたくしは立ち上がった。

「フロレン、あなたは知っているのでしょう？　どうなの？　答えなさい。命令よ」

フロレンは、困った表情でわたくしを見る。

「――まったく、君は本当に悪い子だ」

その声は――初めて聞くものだった。フォルクマーの姿をしているのに、彼の声ではなく別の男性のもの。

振り返ると、フォルクマーがわたくしを見つめている。その瞳は優しく、とても温かい。

やはり、フォルクマーがヴォルヘルム様だったのだ。

「ヴォルヘルム様……！」

目の奥がじわじわと熱くなる。やっとヴォルヘルム様に会えた。

嬉しい！　本当に、嬉しい。この感情は、言葉にできない。

「ベルティーユ！」

名前を呼ばれたのと同時に、ヴォルヘルム様の胸に飛び込んだ。抱きしめられた瞬間、涙が溢《あふ》れた。

「心臓が止まるかと思った。どうして、毒を呑んだフリなんかしたんだ」

「そうでもしないと、フォルクマーは素《す》にならないと思ったの。最低最悪なことだと、わかっていたのだけれど……ごめんなさい」

返事をする代わりに、ヴォルヘルム様はわたくしを強く抱きしめる。

「わたくしのこと、性格が悪いと思った？」

「いいや、そんなことはない。君は、君だ。出会った頃から、何も変わっていない」

「それって、喜んでもいいのかしら？」

「皆、大人になったら素直に生きることが難しくなって、変わってしまうんだ。ベルティーユ、君は明るくて、まっすぐで……。それからいたずらっ子で、いつも私を翻弄《ほんろう》してくれて……そんな君のことが、大好きなんだ」

「ヴォルヘルム様……！」

涙が次から次へと溢《あふ》れて止まらない。

「ベルティーユ、ずっと、一人にして、ごめん」

「寂しかった。けれど、フロレンやエミリア、皆がいたから……」

「もう、一人にはしない」

ヴォルヘルム様の言葉の一つ一つが、体にしみ込む。

「まだ調べることがあるから、変装を続けたかったのに、ベルティーユが毒を呑んだフリなんてするから……」

「ご、ごめんなさい」

「いいよ。私も、ずっとこうしたかったんだ」

永遠に抱き合っていたかったが、わたくしはこのあとも公務がある。ヴォルヘルム様も、すべきことがあるのだろう。

「それにしても、驚いたわ。フォルクマーが一番ないと思っていたの」

「光栄だね」

「ローベルトとバルトルトも、ヴォルヘルム様と重なる部分があったのだけれど、今日みたいにはっきりとわかるものではなかったし」

じっと見つめるが、見た目は完璧に別人だ。

「どういう仕組みなのですか？」

「化粧で輪郭《りんかく》が違って見えるようにしているんだ。瞳の色は、色彩を変える点眼薬があるんだよ」

街の劇団員を雇い、さまざまな変装術を習って、別人を装《よそお》っていたという。

「それにしても、フォルクマーの人格はどこから思いついたの？」

「ベルティーユに愛を囁《ささや》きたくて。堂々とそういうことができるのは、フォルクマーのような人物しか思いつかなかったんだ。そんなことを考えて創作した人格さ」

「そう、だったのね」

ヴォルヘルム様はコール家の協力のもと、教会へ潜入していたそうだ。寄付金を大量に集めていたので、文句を言われることはなかったらしい。

フォルクマーは突拍子もない性格で正直困惑していたので、創作された人格だと聞き、ホッとする。

「そういえばなぜ、若草色のリボンを欲しがったの？」

「それは……昔贈ったリボンを今も大事にしてくれているのを見たら、欲しくなって。リボンを手元に置いて、君を感じたかったんだ」

ヴォルヘルム様のそんな真意にも、まったく気づかず……

やはり、わたくしの目は節穴《ふしあな》だったのだろう。

「ベルティーユ」

「何？」

「実を言えば、ローベルトとバルトルトも、私だ」

思いがけない言葉に、首を傾《かし》げる。

「……え？」

「一人三役……いや、十役はしていたかな」

「う、嘘……フォルクマーだけではなく、ローベルトとバルトルトも、ヴォルヘルム様ですって⁉」

他に、庭師のおじいちゃん、給仕をする侍従、見張りの騎士と、さまざまな役にころころ姿を変えていたそうだ。

いろいろな役職の者に変装し、組織の在《あ》り方《かた》を探っていたらしい。

なんて突拍子のないことを考えつくのだろう。

「特に、フォルクマー、ローベルト、バルトルトの三人は気合いを入れた変装だったんだよ。ベルティーユに私ではないかと追及されるたびに、ヒヤヒヤしたなあ」

「三人とも、顔も声もまったく違うでしょう。どうやって演じ分けていたのですか？」

「優秀な化粧師がいてね。彼のおかげで、顔はいくらでも変えることができた」

他に、底上げの靴や骨格を誤魔化《ごまか》す服で、体格を偽《いつわ》ったのだとか。

「フォルクマー、ローベルト、バルトルトの三人は、纏《まと》う空気感さえも違ったのに……！」

ちなみに、ローベルトのモデルは『第七騎士物語』という物語に出てくる、清廉潔白《せいれんけっぱく》だけど女性にとことん弱い騎士らしい。

「その物語は、七人の騎士が出てくるんだけれど、一番私に似ていると思って」

「えっと……そうね。子どもの頃のヴォルヘルム様は、照れ屋だったわ」

そして、からかってごめんなさい。心から、謝罪する。

「ローベルトはフロレンの実家の協力を得て、演じることができたんだ。彼女のサポートなしには難しかっただろう」

「そうなの……。フロレンには、本当に感謝しているわ」

改めてフロレンにお礼を言うと、淡い微笑みを返してくれた。

「バルトルトは私が知る、気が合わない人物の性格を煮《に》詰めて作った。いけ好かないヤツだっただろう？」

「まあ、そうだったけれど、どこか可愛げのある人だったわ」

「それは、ベルティーユの懐《ふところ》が深いからだろうね」

「どうかしら？」

バルトルトの活動を支援していたのは、ヴォルヘルム様の活動を支える直属の文官達だったようだ。国の内側から情勢を知るために、バルトルトの存在は必要不可欠だったという。

「それにしても、本当に驚いたわ」

見抜くことができなくてとても悔しかったけれど、素晴らしい技術だった。

「見事な変装としか、言いようがないわね」

「ありがとう。あの三人は、女性人気が高いんだよ。でも、ベルティーユはまったく相手にしなかった。嬉しかったのと同時に、演じていた私に魅力《みりょく》がないのかと、落ち込んだりもしたな」

「わたくしはヴォルヘルム様一筋《ひとすじ》だから、相手にするわけがないでしょう？」

「そうだったね」

ヴォルヘルム様はそう言って、わたくしの額《ひたい》に唇を寄せる。

不意打ちのキスに、顔から火が噴き出そうなほど熱くなった。頬を両手で包まれ、じっと見つめられる。

「ちょ、ちょっと待って。ヴォルヘルム様。今はフォルクマーの姿だから、なんだか違う気がして」

「そうか。では、次は私の姿で会うとしよう」

「本当？　ヴォルヘルム様に会えるの？」

「ああ。すぐではないが、もう少ししたら、共に過ごせるようになるだろう」

「嬉しい！」

あと少しの辛抱。それまで、頑張らなければ。

ヴォルヘルム様と手と手を握り、額《ひたい》を合わせる。

昔、幼少時代でもしてくれた、別れの挨拶《あいさつ》だった。これをやると、また会えるというジンクスがあるらしい。

「ベルティーユ、いいね？　これまで以上に、大人しくしているんだ」

「わかったわ」

「約束だ」

こうして、ヴォルヘルム様は広間から出て行く。わたくしも廊下に出て、去り行く後ろ姿を、見えなくなるまで眺めた。

◇　◇　◇

一週間後、朝から一通の手紙が届いた。皇帝陛下より、謁見《えっけん》に来るようにという通達だ。

ついに、この時がやってきたようだ。

おそらく、皇帝陛下に夜の密会の手紙を送った件について、話をしたいのだろう。

準備は万全だ。多くの人に協力してもらい、さまざまな情報を集めることができた。これを皇帝陛下に提出したら、バレンティィンシアを追い出せるに違いない。

調査の結果――バレンティィンシアはヴォルヘルム様のお母様の事故にも関わっていたようだ。

バレンティィンシアの奥方からの告白で明らかとなった。

十二年前、あまりにも夜遅い時間にバレンティィンシアが出かけるので、浮気を疑って探偵に調査を依頼したそうだ。その結果、バレンティィンシアは浮気はしていなかったが、裏社会の人々と付き合いを持っていたようだ。

その時、バレンティィンシアの指示で、当時皇后だったヴォルヘルム様のお母様が暗殺された。

バレンティィンシアの奥方は、何もできなかったらしい。もしも夫を告発すれば、自《みず》らの生活も崩壊する。保身もあって、ずっと隠していたと白状した。

ラピスラズリ宮に出入りしていた王宮医師も、バレンティィンシアに毒草を渡していたことを自白した。

他にも、アロウジア様がバレンティンシアの暗躍《あんやく》情報を集めてくれた。

手紙についても、筆跡鑑定の結果別人が書いたものであると判明している。

これらの証拠があれば、大丈夫。

今日は特別な日だ。

宝石箱の中から、ピンクダイヤモンドのネックレスを取り出して、首にかけた。

これは結婚式の披露宴《ひろうえん》で、ヴォルヘルム様がわたくしにくださった、サプライズの宝石だった。

ネックレスに加工しておいたので、いつか大事な日に使おうと思っていた。

今日ほどふさわしい日はないだろう。

こうしてピンクダイヤモンドのネックレスをかけると、ヴォルヘルム様と一緒にいるような気持ちになる。

そうしているうちに、フロレンとエミリアがやってきた。

「ベルティーユ妃殿下、準備はよろしいですか？」

「ええ、よろしくてよ」

わたくしはフロレンとエミリアを引き連れ、皇帝陛下のダイヤモンド宮に向かった。


赤い絨毯《じゅうたん》を一歩、一歩踏みしめる。

皇帝陛下をお守りする騎士達の視線が、鋭《するど》く突き刺さってきた。きっと、ありもしない噂を信じ、侮蔑《ぶべつ》の目を向けているに違いない。

わたくしが、皇帝陛下との密会を望むなどありえないのに。

細緻《さいち》なアラベスク模様の扉が、左右に開かれる。天窓から朝日が差し込む謁見《えっけん》の間《ま》の一段高い場所にある玉座《ぎょくざ》に、皇帝陛下が座っていた。その斜め後ろに、バレンティンシアが影のように付き添っている。

わたくしは、挑《いど》むようにバレンティンシアを睨《にら》みつける。すると彼は、人のよさそうな笑みでわたくしを見返した。余裕のようだ。

皇帝陛下の前で会釈《えしゃく》し、通達に従《したが》って参上した旨《むね》を告げる。

「朝の貴重なお時間にお招きいただき、なんと申してよいのやら……」

「お主に、聞きたいことがあってな」

「なんなりと、お尋ねください」

「だったら、お主が国を牛耳《ぎゅうじ》ろうという噂は、本当か？」

ありえない話に、思わず悲鳴を上げそうになった。

「……皇帝陛下、なぜ、そのようなお話を？」

「お主が、悪魔と契約して大きな力を得て、シトリンデール帝国の皇帝となることを目論《もくろ》んでいるという話を、聞いたのだ」

「こちらが、発見された契約書となります」

バレンティンシアが一歩前に出て、赤いインクで書かれた書類を差し出してきた。

――悪魔と契約ですって!?　この、わたくしが!?

馬鹿馬鹿しいと、怒《いか》りに任せて叫びそうになる。そもそも悪魔など空想の存在ではないか。しかし、ぐっと呑み込んだ。

エレンディール皇后の時もそうだったけれど、やっていないことを証明するのは難しい。だからと言って、悪魔と契約だなんて、いつの時代の罪人だ。あまりにも時代遅れな罪状である。

「皇帝陛下、わたくしは、悪魔など信じておりません。もちろん、契約もしておりません」

「しかし、お主の『竜貴婦人の会』の勢力拡大や、突然の女性達の権利の主張、経営の手腕など、いろいろと上手くいきすぎているようだが……」

「それは、わたくしの父が、ヴォルヘルム様の助けになればと多くの教養を授《さず》けた結果です」

別に、魔法の力でもなんでもないのに……！

奥歯を噛みしめ、再度バレンティンシアを見る。彼は笑みを深め、わたくしを眺めていた。

けれど、笑っていられるのも今日で終わりだ。

「それより、わたくしも皇帝陛下に報告したいことがありまして」

「ほう？　なんだ、言うてみろ」

「宰相バレンティンシアの、長年にわたる暗躍《あんやく》についてです」

「なんだと？」

皇帝陛下は目を見開き、バレンティンシアはわたくしを睨《にら》む。

フロレンに合図を出し、皇帝陛下に書類を渡してもらう。

「これは……！」

「宰相バレンティンシアは、前皇后マリアンナ様を事故に見せかけて暗殺するよう指示しました。さらにヴォルヘルム様の暗殺未遂《みすい》、それらの罪を皇后陛下になすりつけるなど、多くの悪事を働いています」

皇帝陛下がバレンティンシアを振り返る。すると彼は、悪魔との契約書を見せ、ありえないことを言った。

「ベルティーユ妃殿下は悪魔に憑《と》りつかれているのですよ。このようなもの、でっちあげに決まっております。一度、神官に身柄を明け渡したほうがいいかと」

「う、うむ……。それも、そうだな」

皇帝陛下が左手を上げると、騎士達がわたくしに迫《せま》ってくる。捕まえて、教会に連れて行く気なのだろう。

一人目の騎士が伸ばした手は、わたくしには届かなかった。フロレンが叩き落としたからだ。

そのあとも、無理矢理連行しようとする騎士の行動を、フロレンが阻《はば》む。

「何をしているのだ、フロレン！」

「皇帝陛下！　お言葉ですが、ベルティーユ妃殿下はこのような扱いを受けるようなことは、何もしておりません！」

その言葉に、皇帝陛下ではなくバレンティンシアが怒る。

「皇帝陛下の命令に逆らうとは！　フロレン・フォン・レプシウスを捕えよ！」

その命令を皮切りに、騎士達が増えた。

そして、フロレンに大勢の騎士達が詰め寄ったのだ。フロレンは剣を抜き、応戦する。しかし、相手の数が多すぎた。

「やめて！　フロレンに、乱暴しないで！」

瞬《また》く間《ま》に、剣を叩き落とされ、彼女は手足を縄で縛られてしまった。

騎士達の視線が、いっせいにこちらへ向く。獲物を見つけた肉食獣のように、獰猛《どうもう》な目だ。

……今度は、わたくしの番だ。

しかし、悪いことは何もしていない。だから、堂々としていなければ。

二本の足で立ち、まっすぐに皇帝陛下を見る。目が合うと、ふいと逸《そ》らされてしまった。

まだ、信用を得られていなかったようだ。それも仕方がないのかもしれない。嫁《とつ》いで半年ちょっとなのだから。

眼前に騎士が迫《せま》り、足が竦《すく》んでしまいそうになる。目が潤《うる》み、視界もぼやけた。

そんな中、エミリアがわたくしを守るように、肩を抱いてくれた。彼女の手が、肩が、「大丈夫です」という声が震えている。

怖いだろうに、武器を持たない彼女が、わたくしを守ってくれる。

涙が溢《あふ》れそうだ。しかし今は弱みを見せてはいけない。

肩を抱いてくれているエミリアの手に自《みずか》らの手を重ね、大丈夫だと頷《うなず》いてみせた。そして、彼女を背後に隠すように立たせると、騎士を叱りつけた。

「皇太子妃であるわたくしに、無礼を働くことは許しません！」

騎士達は動きを止める。続いて「下がりなさい！」と言うと、騎士達はじりじりと下がっていく。

ドクドクと鼓動する胸を押さえ、今度はバレンティンシアを睨《にら》みつけた。

彼はビクリと肩を震わせ、一歩背後に下がる。しかし、一瞬で我に返ったようで、再び叫んだ。

「な、何をしている！　さっさと拘束しろ！」

バレンティンシアの言葉を受け、騎士達は再度わたくしに迫《せま》ってくる。ここまでか。

そう思った刹那――謁見《えっけん》の間《ま》に力強い声が響き渡る。

「止まれ！　我《わ》が妻に触れることは、誰であっても許さない！」

――ああ。ため息か安堵《あんど》かわからない声が出てしまう。

緊張の糸が切れ、全身の力が抜けた。しかし、誰かがわたくしの腰を支えてくれる。

震える手は、温かい手のひらに包まれた。

「ベルティーユ、遅くなってすまないね」

初めて見る男性だ。だけど、間違いない。

「ヴォルヘルム様……！」

優しげなスミレ色の目に見下ろされ、涙が溢《あふ》れてしまう。

銀色の美しい髪に、切れ長の目。幼少期と変わらない、ヴォルヘルム様の特徴だ。

それ以外は、別人みたいに見える。

腰に回された腕も、身を寄せた胸も、たくましい。

お人形のように可愛かったヴォルヘルム様は、立派な大人の男性になっていた。

そんな彼は、わたくしを守るように、皇帝陛下と対峙《たいじ》する。

「皇帝陛下、先ほど妻ベルティーユが提出した告発状を見直していただきたく、参上いたしました」

「どういうことなのだ？」

「まずは、証人の話をお聞きいただければ、と」

「証人、だと？」

ヴォルヘルム様が合図を出すと、一人の証人が入ってくる。細身で、無精髭《ぶしょうひげ》を生やした四十代ほどの男性だ。

「彼は第二皇子クリスティアンの王宮医師で、エレンディール皇后へ毒草の取引を持ちかけた本人です」

医師はその場に跪《ひざまず》き、証言する。

「私はバレンティンシアから依頼され、金と社交界への口利きを交換条件に、エレンディール皇后へ毒草作りをすすめました。さらに、薬を作ると言って、取引を行《おこな》いました。ヴォルヘルム殿下の暗殺に使われると知りながら、毒を煎《せん》じたこともあります」

医師は爵位を持たない富裕層出身で、爵位を得るために貴族令嬢との結婚を目論《もくろ》んでいた。

そんな情報を耳にしたバレンティンシアは、彼に貴族女性を紹介したり夜会への招待状を用意したりしていたようだ。

バレンティンシアの野心と医師の希望が合致し、手を組んだという。

「な、なんということだ。バレンティンシア、本当なのか……？」

皇帝陛下が問いかけたが、バレンティンシアは答えない。

顔面蒼白となった彼に、ヴォルヘルム様は追い打ちをかける。

「二人目の証人です」

しずしずと謁見《えっけん》の間《ま》に入ってきたのは、バレンティンシアの奥方。彼女も同様に跪《ひざまず》き、証言を始める。

「十二年前、突然夫が夜に出かけるようになりました。私は浮気を疑い、探偵を使って調べさせたのですが――」

判明したのは浮気ではなく、裏社会の住人との危険な付き合いだった。

「マリアンナ様――前皇后陛下の暗殺、ヴォルヘルム殿下の暗殺、エレンディール皇后に対する罪のなすりつけ、商人との裏取引。さらには国家予算を使った他国の政治家との非公式の会合など、悪逆非道な行いを繰り返していたようです」

バレンティンシアの奥方は、探偵の調査報告書をすべて、皇帝陛下に提出した。

ヴォルヘルム様は入り口を見ながら、口を開く。

「三人目は、証人ではないのですが……」

堂々たる歩みで謁見《えっけん》の間《ま》に入ってきたのは、エレンディール皇后だ。

「私は、皇太子ヴォルヘルムと、皇太子妃ベルティーユの言い分を支持する」

彼女が現れるとは思ってもみなかった。

皇帝陛下と相反する場に立っても大丈夫なのか。心配してエレンディール皇后を見ると、ふっと笑みを返された。完璧な、悪女の微笑みである。

「エレンディール、お前は、なぜ、そのようなことを――？」

「今までさまざまな嫌疑をかけられていたが、身に覚えがない。身の潔白を証明するのは難しく、誹謗《ひぼう》中傷も我慢していた。しかし、それももうやめることにしたのだ」

エレンディール皇后は皇帝の問いかけに対し、迷いのない目で言い切った。

皇帝陛下はわたくしの提出した書類と探偵の調査報告書を、再度読み始める。じっくりと時間をかけて、一枚一枚目を通した。

そして、読み終えると、静かな声でバレンティンシアに問う。

「お前は、どうしてこんなことをしたのだ？　なぜ、マリアンナを殺し、ヴォルヘルムを殺そうとした？」

「そ、それは――」

もう、言い逃《のが》れはできない。罪を認めるしかない状況まで追い込まれていた。

バレンティンシアは、自《みずか》らの思いを語り始める。

「マリアンナ前皇后は――金遣いが荒かったのです。ドレス、宝飾品、交際費など、度を超えた散財をなさっていました。それに加え、二人目のお世継《つ》ぎの話をした際、もう皇帝陛下の御子は産みたくないとおっしゃって……」

マリアンナ様は健康体で、出産に何の問題もない状態だった。しかし、ヴォルヘルム様を出産されたあと体調を崩し、一年間病床で暮らした。そんな大変な思いはもうしたくないと、子作りを拒否したという。

マリアンナ様の主張を、バレンティンシアは皇帝陛下に報告していなかったようだ。

それを隠したまま暗殺を実行し、急遽《きゅうきょ》二人目の妃を立てることになった。

「なぜ、私に言わなかった？」

皇帝陛下は低い声で尋ねる。

「マリアンナ前皇后は、皇帝陛下が直々《じきじき》に見初《みそ》めた御方で……金遣いが荒いことに加え、子を産みたくないと言った事実を知れば、傷つくと思ったのです」

伴侶選びを間違えたことを、本人に悟《さと》られたくなかった。バレンティンシアは低い声で呟《つぶや》く。

「だが、殺さずともよかっただろう⁉　そこまでのことを、マリアンナはしたのか？　していないだろう‼」

珍しく、皇帝陛下が言葉を荒らげた。

バレンティンシアは険《けわ》しい表情で答える。

「マリアンナ前皇后を殺したのは、皇帝陛下の邪魔だったからです」

「なんだと？」

「エレンディール皇后は、教養もあり、思慮深く、国を第一に考えて行動できる、理想的な人物だった。だから、マリアンナ前皇后を殺し、エレンディール様を正妃として据《す》えようと思ったのです」

エレンディール皇后の妊娠発覚と同時に、犯行を決意したと言うバレンティンシア。

「しかし、エレンディールを支持していたお前が、なぜ彼女に罪をなすりつけようとした？」

「周囲の同情を得るためです。二人目の妃というのは、いささか外聞が悪い。そこで、罪をなすりつければ、エレンディール皇后は大衆の面前で弁解する。『犯人は他にいた。エレンディール皇后は悲劇に包まれた妃だった』──と皆が同情する、というシナリオをご用意しておりました」

だが、エレンディール皇后は一切言い訳せず、表舞台から姿を消した。

バレンティンシアのシナリオ通りに、事は進まなかったのだ。

皇帝陛下は頭を抱えて追及する。

「ヴォルヘルムを殺そうとしたのはなぜだ？」

「子は親に似ると言います。マリアンナ前皇后の御子であるヴォルヘルム殿下が即位すれば、国が荒れるかもしれない。それを危惧《きぐ》して、暗殺しておいたほうがシトリンデール帝国のためだと、思ったのです」

「なぜ、ベルティーユを陥《おとし》れようとした？」

「真実を嗅《か》ぎまわっていたからです。しかし、悪いようにするつもりはありませんでした。しばし拘束し、ヴォルヘルム殿下が亡くなったあと、冤罪《えんざい》だったと発表するつもりでした。それから、皇帝となったクリスティアン殿下の皇后にする予定だったのですよ。これで、シトリンデール帝国の栄光は永久のものとなる。絶対に、誰にも邪魔はさせない！　そう、思っていましたが──」

なんて勝手な計画だろうか。

バレンティンシアは、皇帝陛下とシトリンデール帝国の将来を考えてすべて行《おこな》ったと主張するが、わたくしはそう思わない。彼のひとりよがりだ。

皇帝陛下はバレンティンシアを強く睨《にら》み、激しい感情をぶつける。

「バレンティンシア！　お前は勝手に、私の気持ちを忖度《そんたく》したのだな？　このようなことは、何一つとして、望んでいなかった！」

「そんな、まさか……」

バレンティンシアはその場に頽《くずお》れ、頭を抱え込む。

「この者を捕えよ！」

皇帝陛下の命令に、騎士達が動く。バレンティンシアは拘束され、謁見《えっけん》の間《ま》から連れ出された。

わたくしはヴォルヘルム様に抱きしめられているにもかかわらず、震えが止まらない。

想像を絶する恐ろしい陰謀《いんぼう》が、宮中に渦巻《うずま》いていたのだ。

「ベルティーユ、もう大丈夫だ。これからは、ずっと一緒だから」

「はい、ヴォルヘルム様」

これで、ヴォルヘルム様に害をなす者はいなくなった。これからきっと、平和な毎日が待っているはず。

◇　◇　◇

その後、調査委員会が発足した。バレンティンシアの事情聴取と関係者の取り調べが行《おこな》われている。

変装をやめたヴォルヘルム様はやっと表舞台に立つことができ、バリバリと働いている。

ゆっくり過ごすことはまだできないけれど、一日に一回は会う時間を作ってくれる。

わたくしは、それだけで幸せだ。

それはともかく、バレンティンシアや彼の息がかかった者達を引き抜いた結果、王宮は人手不足で大変な事態になっている。

皇帝陛下の気持ちを忖度《そんたく》していたなんて言うけれど、結局はバレンティンシアの思うままの国作りが進んでいたようだ。なんて恐ろしいことを……

この一連のできごとをきっかけに、『竜貴婦人の会』の結束はさらに強固なものとなった。

それに加え、皇帝陛下より政治の監査役をしてくれないかと頼まれた。

仕事内容は、怪《あや》しい取引をしていないか、不正な予算が使われていないかなど、定期的に確認すること。もしも、問題を見つけた場合、責任者を罰する権利を持つという。

『竜貴婦人の会』の皆と話し合った結果、わたくしは監査役を引き受けた。

「私が、徹底的に調べ上げますので」

アロウジア様は一番やる気を見せている。

「私も、可能な限り協力しよう」

エレンディール皇后も、手を貸してくれるらしい。

奇《く》しくも、『シトリンデール帝国三大女傑《じょけつ》』が、国の政治を監視する立場となった。

……やっぱり、シトリンデール帝国三大女傑《じょけつ》って可愛くない。これからは、シトリンデール帝国三大乙女と名乗ることにする。そう呼んでいたバルトルトは、もういないわけだし。

そう、バルトルトとローベルト、フォルクマーの三人はいなくなってしまったのだ。

全員、ヴォルヘルム様が変装していた姿だったのだから、彼が本当の姿でいられる今、三人の存在意義はない。

それにしても、三人とはいろいろあったから、会えなくなったのは少し寂しい。

ちなみに、バルトルト、ローベルト、フォルクマーは、外務官に任命され、外国へ行ったことになっているそうだ。皇太子の命令なので、誰も疑問に思うことはないだろう。

さすがは、ヴォルヘルム様。ぬかりはない。

エピローグ　幸せな夜

事件解決から半月後——ついに、ヴォルヘルム様との初夜を迎える。この日を、わたくしはどれだけ待っていたか。

ヴォルヘルム様を待ちきれず、寝間着《ねまき》姿で扉の前をうろついていたら、エミリアに「妻の出産を待ちわびる夫のようです」と言われてしまった。少し、落ち着かなくては。

一時間後、ヴォルヘルム様がやって来る。騎士隊の会議に出ていたようで、詰襟《つめえり》の制服姿だった。忙しかったのか、伏せた目に疲労を滲《にじ》ませている。

この時の顔つきは、バルトルトに少し似ていた。

「ヴォルヘルム様、どうぞこちらへ」

わたくしは椅子をすすめ、温かい薬草茶を淹《い》れる。

そして、彼が優雅にお茶を飲む様子を、真正面から遠慮なく見つめた。するとヴォルヘルム様は、ふっと柔らかく微笑んだ。

「ベルティーユ、どうしたんだ？」

「ヴォルヘルム様が、カッコイイなと思って」

「ありがとう」

爽《さわ》やかな笑みを浮かべた彼は、カップをテーブルに置くと両手を広げてくれる。

わたくしは喜んで、その胸に飛び込んだ。ヴォルヘルム様の膝の上に座り、幸せを噛みしめる。

彼の体は温かい。冷え切った寝間着《ねまき》姿の体に、温もりがしみ込むよう。

「ああ、なんて幸せなのかしら」

「私もだよ」

どれだけ、この瞬間を待ち望んでいたか。

一人で結婚式を挙げた時は、内心どうなるかと思っていた。だけど今は、こうしてヴォルヘルム様と二人きりの時間を過ごすことができる。

「長い間待たせて、ごめん。本当は、平和になってから娶《めと》りたかった。でも、待てなかった」

「わたくしも、待てなかったわ」

「しかし、そのせいで、酷い目に遭《あ》わせてしまったね」

「いいえ」

「まさか、バレンティンシアが黒幕だったなんて……」

その低い声色は、バルトルトの声に似ていた。やはり、彼はヴォルヘルム様が変装した人物だったのだと、実感する。自分を偽《いつわ》り、国の内部を探るのは、大変だっただろう。

ヴォルヘルム様の背中をそっと撫《な》でる。

「もう、ヴォルヘルム様を害する存在《もの》はいないわ」

「ベルティーユ……ありがとう。君がいなかったら、きっと、私はおかしくなっていただろう」

「ヴォルヘルム様……」

静かに震える彼の体を、わたくしは撫《な》で続ける。

国は平和になった。もう、わたくし達の仲を邪魔する人はいない。

ここで、ヴォルヘルム様への想いの丈《たけ》をぶつけてみる。

「ヴォルヘルム様……わたくしは、あなたのことを、お慕《した》いしております」

ずっと言いたかったことを、伝えることができた。

ヴォルヘルム様は、顔を真っ赤にする。やはり、恥ずかしがり屋なのだろう。

ローベルトを演じている時の照れている様子は、演技ではなかったのだ。

「ヴォルヘルム様は、わたくしのことを、どう思っている？」

「私も、ベルティーユのことを、世界一愛しているよ。こうして腕に抱くことを、どれだけ夢見ていたか。ああ、ベルティーユ。やはり、君は私の女神だ」

そんな愛の言葉を受け、胸が幸せで満たされて破裂しそうだ。

改めてヴォルヘルム様の顔を見上げると、そっと顎《あご》に手を添えられ、口付けされる。

じわじわと顔が熱くなり、涙が溢《あふ》れてくる。

「ベルティーユ、どうして泣くんだ」

「こうしているのが、夢のようで」

ヴォルヘルム様の存在が儚《はかな》くて、尊《とうと》くて。夢ではないかと思えてしまう。

「では、夢でないことを、共に実感しよう」

ヴォルヘルム様はわたくしを抱き上げたまま立ち上がり、寝台に運んでくれる。

そうだった。今日は初夜だった。

「ずっと、この瞬間を待っていた」

彼の声は優しいのに、目はギラついている。この目は、フォルクマーそっくりだ。

バルトルトにローベルト、フォルクマーの三人は、きっとヴォルヘルム様の持つ性質の欠片《かけら》なのだろう。変装は演技ではなく、ある意味ヴォルヘルム様そのものだったようだ。

まったく気づかなかったなんて、わたくしの目はやっぱり節穴《ふしあな》に違いない。

わたくしの愛しのヴォルヘルム様は、仕事人間で、恥ずかしがり屋で、わたくしにデレデレな旦那様なのだった。

待望のコミカライズ！

「あなたは本当は異世界の生まれなの」ある日突然女神様にそう告げられ、生まれた世界へトリップすることになった菓子職人の伊《い》藤《とう》優《ゆう》奈《な》。そこで優奈を拾ってくれたのは、薬草園で暮らす猫獣人のおばあちゃんだった。彼女はかつて喫茶店を開いていたけれど、体力的な理由で店をたたんだという。恩返しと、自分自身の夢を叶えるため、優奈は店を復活させることを決意して――。

＊B6判　＊定価：本体680円＋税　＊ISBN978-4-434-25437-6

アルファポリス 漫画　検索

RC Regina COMICS
アルファポリスWebサイトにて
好評連載中！
原作 ふじま美耶 MIYA FUJIMA
漫画 村上ゆいち YUICHI MURAKAMI
異世界で『黒の癒し手』って呼ばれています 1〜6
好評発売中！
異色のファンタジー
待望のコミカライズ！
ある日突然、異世界トリップしてしまった神崎美鈴《かんざきみすず》、22歳。着いた先は、王子や騎士、魔獣までいるファンタジー世界。ステイタス画面は見えるし、魔法も使えるしで、なんだかRPGっぽい!?　オタクとして培《つちか》ったゲームの知識を駆使して、魔法世界にちゃっかり順応したら、いつの間にか「黒の癒し手」って呼ばれるようになっちゃって…!?
シリーズ累計43万部突破！
＊B6判　＊各定価：本体680円＋税
原作 ふじま美耶 MIYA FUJIMA　漫画 村上ゆいち YUICHI MURAKAMI
異世界で『黒の癒し手』って呼ばれています 6
魔法世界で囚われの『光の癒し手』を救うため神殿に突撃!?
シリーズ累計43万部突破！
異色のファンタジーコミカライズ！
アルファポリス
アルファポリス 漫画　検索

この作品に対する皆様のご意見・ご感想をお待ちしております。

おハガキ・お手紙は以下の宛先にお送りください。

【宛先】

〒150-6005 東京都渋谷区恵比寿4-20-3 恵比寿ｶﾞｰﾃﾞﾝﾌﾟﾚｲｽﾀﾜｰ 5F
（株）アルファポリス　書籍感想係

メールフォームでのご意見・ご感想は右のＱＲコードから、
あるいは以下のワードで検索をかけてください。

アルファポリス　書籍の感想　検索

ご感想はこちらから

皇太子妃《こうたいしひ》のお務《つと》め奮闘記《ふんとうき》

江本マシメサ（えもと ましめさ）

2019年　2月　5日初版発行

編集ー見原汐音
編集長ー塙綾子
発行者ー梶本雄介
発行所ー株式会社アルファポリス
〒150-6005 東京都渋谷区恵比寿4-20-3 恵比寿ｶﾞｰﾃﾞﾝﾌﾟﾚｲｽﾀﾜｰ5F
TEL 03-6277-1601（営業）　03-6277-1602（編集）
URL http://www.alphapolis.co.jp/
発売元ー株式会社星雲社
〒112-0005 東京都文京区水道1-3-30
TEL 03-3868-3275
装丁・本文イラストーrera
装丁デザインーansyyqdesign
印刷ー中央精版印刷株式会社

価格はカバーに表示されてあります。

落丁乱丁の場合はアルファポリスまでご連絡ください。

送料は小社負担でお取り替えします。


ISBN978-4-434-25587-8 C0093